推理小說家的末日

燕返——著

各界名家好評

《推理小說家的末日》以輕鬆詼諧的筆調、嚴密流暢的邏輯以及令人大跌眼鏡的反轉，為讀者勾畫了推理作家和編輯們的解謎日常。

——推理小說作家　暗布燒

初讀綾辻行人《咚咚吊橋墜落》時那種快樂被這部短篇集再度喚起，讀者朋友們盡情享受「被騙」的快感吧！

——第二屆華文推理大獎賽首獎得主、推理小說作家　貓特

由推理小說家和編輯這對「冤家」編織出的短篇世界，可說是將作者擅長的反轉橋段發揮到淋漓盡致。

——懸疑小說作家　擬南芥

前言

這是一部可以用輕鬆的心情欣賞的作品集，簡單來說就是推理作家與編輯間的鬥智故事。主要登場人物只有以下三個——作家太刀田、主編柄刀、實習編輯小Q。故事分為四個章節，均與書名《推理小說家的末日》相照應，分別描述身為推理作家在創作過程中遇到的四種窘境：追名逐利（渴望作品獲獎出道）、失粉危機（急需挽回已流失的粉絲）、靈感枯竭（為了吸引讀者，必須挖空心思想出新穎的解答）和生死存亡（作家、編輯間的勾心鬥角）。

需要聲明的是，這部作品主要的登場人物並沒有連貫性，即本篇登場的人物設定和故事並不會連貫到下一篇，敘述風格也不盡相同。簡而言之，讀者朋友們可以當作是在平行世界裡發生的故事，儘管以輕鬆愉悅的心態去閱讀吧！當然，寫這則前言的目的並非為了表示這些作品是用來嘲諷推理小說家或讀者的，作者甚至可以保證本書收錄的每篇作品都有您意想不到的有趣反轉。為了設置這些反轉情節而絞盡腦汁，某種意義上來說也算是身為推理小說作者的窘境吧（笑）。

燕返

二〇二二年十月

006

推理小說家的末日

目次

PART 1

追名逐利

I 推理小說家的獎盃

一、太刀田囧

1

「小茜，快來看！」

妻子遞給我的包裹像洋蔥一樣，一層層地被我剝個乾淨。包裹很沉，卻整潔得出奇，幾乎一點灰都沒有。

費了九牛二虎之力，它才終於露出廬山真面目。那是一座純金獎盃，碑座刻著我——著名推理作家太刀田囧的名字。

「哇，金光閃閃！至少有五公斤重吧！」

小茜上下掂了掂獎盃，坐在一旁的我可被嚇壞了。

「喂，妳小心點。要是摔壞就麻煩啦！」

「太刀田冏《神無月島殺人事件》……第十五屆推理新風文藝賞一等獎……」小茜興奮地望著我，「親愛的，真不敢想像，三年前還是普普通通的上班族，如今已經獲得推理小說大獎，成為名人啦！」

「可不是？只要獲得這座獎盃，今後的作家之路可謂順風順水，以前的苦日子總算沒白熬。」

「我早就知道，阿冏你是最棒的！」

說罷，小茜輕輕地吻了我的臉頰。此時的我，是個不折不扣的成功人士。

「不過，這麼金燦燦的獎盃應該擺在哪兒呢？」

「當然是大廳咯！」小茜天真地回道，「這樣一來，每位客人都能看到阿冏是多麼優秀的大作家！」

「唔……讓我想想……擺大廳裡實在太招搖，再說家裡平時也沒什麼客人，還是放在我的臥室裡好了！」

2

第五章、致讀者的挑戰書

到目前為止，幾乎所有線索已經提供給列位讀者。之所以稱之為「幾乎」，是因為答案是被上述作家們忽略的另一種可能性，而讀者恐怕也不那麼容易想到。為此，筆者特意總結出案件的幾點重要因素，可稱之為「破解此案的鑰匙」。我總結出了十個疑點以挑戰讀者，而以下十個疑點，均可由一個真相解開。

第一起案件：

一、是什麼原因讓天成三放下戒心，打開房門？
二、天成三死亡時間和天成四的證詞衝突是怎麼回事？
三、第一天晚上森下雨樹並沒有帶領一行人參觀四樓的藝術收藏品室，為何兇手知道兇器的擺放地點？
四、兇手為何切割屍體？
五、兇手行兇時噴灑的血跡做何處理？

第二起案件：

六、密室如何形成？
七、是什麼讓天成四放棄聽從森下雨樹的勸告？
八、兇手為何切割屍體？

九、兇手為何把屍塊裝到陶瓷古董裡？

十、兇手如何避開多門連四郎放置的錄影機行兇？

筆者在此善意地提醒各位，關於問題四和問題八，雖是一樣的謎面，但答案卻是不完全一致的。提示就到這裡，解答篇見。

太刀田囧

二〇XX年五月

不行！不行！不行！

標題是《解體館殺人事件》，連我自己都不知道兇手解體的原因，如何挑戰讀者？

——第十五屆推理新風文藝賞一等獎……

望著純金打造的獎盃，心中突然湧現出一絲羞憤。

「自作聰明些什麼？明明連自己都不知道兇手是誰！」

整整一個小時，我對著自己的電腦大眼瞪小眼，連一個字都打不出來。

《Mystery 春秋》的下期預告裡破天荒地採用跨頁彩色銅版紙印著：

解體館連續不可能犯罪慘案！十個謎團悉數破解！

推理新風文藝賞得主太刀田囧跨時代巨作！

若是開了天窗，無疑會給雜誌造成巨額損失，甚至連自己都身敗名裂。此時此刻的我，雙手就像被銬著手銬，一步步地走向刑場。

——就沒有挽救的餘地嗎？

——對了，如果問小茜的話……

看來只能出此下策了。

3

「阿爾巴尼亞？」小茜驚訝地盯著我，看起來有些不知所措。

「拜託了，小茜！之前聽妳說過阿爾巴尼亞有位專門寫本格推理小說的作者吧？」

「話是沒錯，那也只是趁出差的機會買來的。」

「那傢伙……是叫阿曼多・薩樂布？」

「是阿曼多・薩迪庫。」

「對、對，上回聽妳說他寫了一部《米斯特里島的暴風》，不僅創造了新穎的密室，更重要的是，還融匯了『解體詭計』，沒錯吧？」

「嗯，書腰上還寫著『破解率0％的密室手法』。」

「可我之前根本沒聽說過這部作品。」

「因為推理小說在那兒根本沒有市場，上市幾年了，還是無人問津。」

「也就是說……這是一部在國內不會有人讀過的作品咯？」

「嗯，難不成……阿囧你？」

「拜託了！請幫我翻譯這部小說！」我雙手合十，向她央求道。

「可……這算抄襲吧！對阿囧作家生涯影響可不好。」

「我也是箭在弦上不得不發，眼看截稿日就快到了，我連一個字都寫不出來！妳忍心看我就這樣被讀者恥笑？」

「好吧……畢竟這是阿囧的事業……」

「親愛的，我會感激妳一輩子的！」

4

僅僅五天時間，小茜就將《米斯特里島的暴風》解答篇翻譯出來了。著實驚人，一位生長在遙遠國度名不見經傳的年輕作者，居然寫出連我——著名推理小說家太刀田囧都聞所未聞的詭計！更巧妙的是，這部作品裡的密室在我的《解體館殺人事件》剛好適用，真是天助我也！

有了詭計，自然文思泉湧。只需稍稍加工，解答篇就完成了。接著設計讓看起來最不可能殺人的警方人士擔當兇手一角，迷惑所有讀者。到最後，故事發生反轉，撰寫「給讀者的挑戰書」的「太刀田囧」其實並不等於作者，而是小說中真正出現的人物，是他對假警官進行催眠而指示其殺人的。這樣一來，根本不會有任何讀者猜得出故事的結局，這又將是當之無愧的話題之作！

——真感謝你呢，阿曼多・薩樂布……不，是阿曼多・薩迪庫先生。

伴隨著悅耳的提示音，郵件發送成功，我伸了伸懶腰，長舒一口氣。

但是，沒多久……

✉您有一封新郵件！

編輯部迅速發來了回覆：

尊敬的太刀田四先生：

很抱歉，您的《解體館殺人事件》解答篇所使用的詭計，與阿爾巴尼亞推理小說《米斯特里島的暴風》相似度過高，因此無法採用。敝社的宗旨是將完全原創的優秀作品推介給廣大讀者，希望身為當紅作家的您務必遵守這一創作準則。

《Mystery 春秋》雜誌社

為什麼？

明明是無人知曉的作品……怎麼會暴露呢？

難道……小茜她？

不，不可能。

莫非……

我回過頭來，惶恐地注視著那座金光閃閃的獎盃。

——第十五屆推理新風文藝賞一等獎。

該不會……

二、《Mystery 春秋》編輯部

「竊聽器？」

新來的小Q一臉錯愕。

「不錯，就是竊聽器。」

剛做好的名片質感極佳，我得意地將它們一一清點，然後塞進匣子裡。現在的我，已經是《Mystery 春秋》雜誌社的副主編了。

「這玩意就是前輩您晉升祕密武器？」

「噓……小聲點！」我狐疑地掃視一圈副主編室外的辦公大廳，看來並沒有人聽到剛才的對話。

「可是，這和敲詐犯有什麼區別？」

「笨蛋，別那麼死腦筋。」我碾熄了手中的煙頭，若無其事地吞雲吐霧，「身為實習編輯的你也許不知道如今的雜誌市場有多麼蕭條，一旦陷入走投無路的境地，不管是多遵守職業道德的人都會選擇非常手段的。」

「我……還是無法認同您的做法。」

小Q就是這麼個執拗的年輕人，雖然在大學時代寫了兩部推理小說，但毫無名氣。一心鑽研推理文學的他，只好選擇來到《Mystery春秋》擔任編輯一職。

「總之，我把這三位主力作家和一些新人作者分配給你，說是主力作家，其實都是拖稿專業戶，最近的作品也是越來越沒水準。不過也沒辦法，讀者認的是作者，而非作品本身。」

「二階堂、山下、太刀田……哇，都是鼎鼎大名的作家誒！」

「你最近有讀過他們的新作嗎？」

「嗯，除了太刀田的連載作品外，其餘的品質一般，不過我相信他們終究還會寫出不輸給成名作的傑作！」

「天真的傢伙，你以為這些人的作品怎麼來的？還不都是獎盃的功勞？」

「獎盃？」

「呵呵，如果你得到了推理小說大獎，那麼會把獎盃擺在哪裡？」

「當然是自己的房間裡了。」

「所以啊……他們生活中的把柄要多少有多少，只要握有這些，逼他們交稿不是易如反掌嗎？」

「好卑劣的手段……」

「哈哈，看來你還得多磨練磨練才行！」

這時，電腦螢幕閃現了新的懸浮窗口。

✉您有一封新郵件！

「你瞧，太刀田那傢伙不就老老實實地交稿了嗎？你好好看看他的文章，畢竟是我們花了大筆錢捧的連載作品呢。」

「我、我會努力的。」

說罷，小Q拿著剛列印好的新稿件興高采烈地離開了。

呵，真是個天真的新人。

三、太刀田囧

1

在作者的獎盃裡塞竊聽器？

真是卑劣的逼稿手段！

以前只在推理小說裡讀過這樣的橋段，很多編輯為了催促成名作家寫新稿，就用非常手段偷偷潛入他們的生活，進而握有作家隱私。未曾想，這回竟輪到自己攤上這種事。

——如果這些人搞起詐騙一定是個中能手，幹這行真是屈才。

現在該怎麼辦？毀掉它？

不，不行。

這可是有紀念意義的首座獎盃啊……

——乾脆放到小茜的房間好了。這樣一來，既可以保住神聖的獎盃，又不會被《Mystery 春秋》偷聽到我的隱私。

2

第六章、解體館的真相

「到底是什麼事？」

「你們還記得天成二會長本想用來雕刻用的鏡子嗎？」

「哦，就是二樓那個……」多門回答道。

「沒錯，搬運公司特地把鏡子裁成走廊差不多寬度的巨大鏡子發揮了作用。由於鏡子底下有帶滾輪，所以兇手可以不費吹灰之力地搬動它。並把它放置在天成姐妹房間的中間走廊上，即它們的對稱中心。」

「那麼，天成四看到的是……」

「就是她自己，天色太暗，而且她們姐妹都發不出聲音，不能利用對話來確認彼此。姐妹倆的長相可以說是完全一致，認識她們的人都很難辨認出來，加上到了十一點後整棟屋子失去供電，夜晚只有一樓那塊玻璃透過的微弱光線幾乎和一片漆黑無異，所以天成四當時就誤會了。」

「就算妳說的屬實，天成四不是說了她姐姐還對她搖了搖頭？」

「那只是她的心理作用，她以為姐姐像以前一樣與她之間有著強烈的心靈感應，所以告訴她沒事，叫她放心去睡覺。她認為姐姐搖頭，是因為兇手在輕微搖晃鏡子而令她產生的錯覺。讓我們想一下，背景一片漆黑，光線極為微弱，達到只能勉強看到對方身形的程度，加上她對心靈感應形成的默契毫不質疑，兇手的賭注才得以成功。」

「就算妳說的有道理，那這件事還是所有人都能夠做到啊。並不存在『唯一可能犯下案件』的人物。」

森下編輯迫不及待地問道：「能告訴我們妳推理出的兇手嗎？」

萌繪點點頭，一字一句地說：「天成二會長。」

「你說什麼？他正在愛知縣養病，怎麼可能跑到這座孤島呢？不信我們回去的時候可以向那裡的醫院證明啊！」

「但這確實是事實。」

「到底怎麼回事，妳別賣關子好嗎？」綾辻也有些按捺不住情緒道，「照妳的看法，第二起事件又是怎麼回事？那是個完美的密室，沒有窗戶，門從裡面被反鎖，屍塊就那樣被拋棄在古董品裡面……」

「玲子小姐不是說過嗎？最完美的密室就是最簡單的密室。」萌繪說道，「其實密室這種東西與其說是犯人追求高智商的犯罪藝術，還不如說是自掘墳墓的陷阱罷了。」

「此話怎講？」森下編輯問。

「因為密室一被破解，犯人的身分八成就呼之欲出了。所以，密室這種詭計純粹是犯人誘使偵探來抓捕自己的蹩腳演出，這是我的看法。」

「那這起事件的手法是什麼？那不在錄影機拍攝範圍內的三分鐘發生了什麼關鍵性的事情嗎？」

「那三分鐘什麼也沒發生。」

「到底怎麼回事？」

「兇手自己藏在古董裡面，並用切割好的屍塊墊在上面偽裝自己！」

如果沒有異想天開的詭計，充其量就能寫到這種地步了。

這是江戶川亂步時代就用到爛的詭計，如果是現在拿來使用，一定會被讀者恥笑的。

我長歎一聲，喝光小茜泡給我的綠茶，使勁敲了敲腦袋，依舊無濟於事⋯⋯

🖂您有一封新郵件！

這時，新郵件的提示音再度響起。

尊敬的太刀田老師：

與其夫妻倆有時間親熱，不如趕緊花心思準備新稿子，距離截稿日只剩三天了哦～

《Mystery 春秋》編輯部

我的天！這和被殺手追殺有什麼區別！

──不對……

我轉念一想，這幾天自己都在埋頭寫作，就連一日三餐都是小茜送到臥室的，哪有時間卿卿我我？

難不成，小茜她背叛了我……

四、《Mystery 春秋》編輯部

「上回的稿件審完了嗎？」

「嗯，其他都沒問題，就是太刀田老師連載作品的解答篇實在是……」

「寫的不好嗎？」

「所用詭計的解答簡直像上個世紀的推理小說。」

「哈哈，真有那麼糟糕？」

「所謂的『無解密室』，都是爛大街的詭計。身為編輯，實在失望之極。」

「如果刊載出來，《Mystery 春秋》一定會堆滿讀者的抗議信的！」

「所以，我只能退回去重新改過。」

「現在進度如何了？」

看著一籌莫展的小Q，我笑得合不攏嘴。這樣的職場新人就是得吃幾次教訓，才能體會到前輩的做法是正確的。

「對方好像依舊毫無頭緒的樣子……唉，本來還很期待太刀田老師的結局篇的，現在都有開天窗的危險啦！」

小Q還在快快地重複刷新著自己的郵箱。

「依我看，太刀田那兒是不會有消息了，還是趕緊調用下期準備刊登的短篇吧，實在不行，把你那部作品放到雜誌上連載也沒關係。」

「那一定不會有人買帳的。」

小Q害羞地撓了撓腦袋，明明是那麼優秀的作者，卻因為小說不受國內認可，不遠萬里來到新的國度。說實話，這樣的決心我無法理解。

「對了，親自拜訪如何？」

「咦？前輩您是說……親自去太刀田老師家？」

「是啊，由編輯親自監督的話，我想太刀田一定找不到理由推脫，如期完稿的。」

「這樣啊……」

「雖然對怕生的你來說是困難了點，但除此之外別無他法，除非小Q你親自上陣，連載那部作品……叫什麼來著……米斯特風暴？」

「是《米斯特里島的暴風》。」

「抱歉、抱歉，我只記得和斯洛伐克的國歌名很相似*。」

---

* 指的是斯洛伐克國歌《塔特拉山上的暴風》。

「總之，督促作者按時交稿是編輯的責任。」
「前輩您說得對，去太刀田老師家一趟非常有必要。」

五、太刀田囧

1

我真的不是有意的！
倒在地上的小茜雙目圓睜，仿佛和我一樣不敢相信眼前的事實。
不論如何激動，也不該失去理智。
——我明明只是質問她為什麼和別的男人……
沒有什麼比生命還脆弱的東西了，只需輕輕一推，失去平衡的小茜就從二樓的臺階滾落下去，階梯最尖銳的部分毫不留情地和她的後腦激烈碰撞，發出沉悶的聲響。之後的情形就如同定格畫面一般，這樣維持了半個小時。
很顯然，小茜已經毫無生命跡象。
「不行！我的作家之路不能就這麼毀了！剛得了新風獎，前途一片光明，未來還有各種各樣的大獎等著我！」

「沒錯，小茜也不希望我就這麼被員警帶走。」
「又不是波士頓的鹿島監獄，那裡不會有阿維・施泰因貝格*。」
我像受了詛咒一般，急速地自言自語。忽然，一個念頭從我腦際閃現。
「親愛的，我有一個好主意。妳一定會答應我的，對吧？」
我撫摸著小茜逐漸僵硬的臉頰。

2

「這裡就是她倒下的地點？」大鬍子刑警再度向我確認道。
刑警煩躁地揭開紐扣，這傢伙從面孔、五官到四肢沒有一樣不是滾圓的，一看就是四肢發達、頭腦簡單的傻瓜。他一邊搧著扇子，一邊向屬下抱怨這悶熱的天氣。
「是、是的。說來真是諷刺，過了那麼久我才發現小茜她冰冷的屍體……我不配做她的丈夫。」
不需要任何演技，我立刻就能在警方面前嚎啕大哭起來。
我發誓，這個世界上最愛小茜的除了我沒有別人，最不希望小茜走的人就是

---

*《監獄裡的圖書館》一書中，指導囚犯在監獄裡寫作的圖書館員。

我。沒了她，我連一日三餐都無法解決，平常連下樓取個樣刊都要吩咐小茜。一想起今後獨自一人的生活，我的腦袋就一片空白。

不管了，先度過眼前的難關再說。

「請節哀順變，你的妻子死亡時間大約在一天半前。她遇害時，你正關起門悶頭寫作，對臥室外的情況一概不知嗎？」

「是……很抱歉，畢竟我是著名的推理作家，眼看截稿日就快到了，所以更加無法分心。事實上，我和小茜已經有兩三天沒交流了。」

「她不會向你抱怨？」

「不會的，我們是很恩愛的夫妻。臨近截稿日時，她都會體諒我，是個溫柔賢慧的妻子。」

「原來如此。」大鬍子刑警狐疑地問道，「我看周邊的環境十分清淨，你真的沒聽見可疑的聲音？」

我搖了搖頭，接著故意裝作突然想起什麼似的，說道：「雖然我帶著耳機創作，但當時的確迷迷糊糊地聽到類似爭執的聲音，對方好像說『我要宰了他』之類的……」

「宰了他？」

「是的。」

「這個社區雖然是別墅樓，但偏偏監控系統很不完善，如果有外來人士事先調查過，避開監控的概率也不是不存在。你確定，對方對你妻子說『宰了他』這幾個字嗎？」

「雖然隔著門，但應該錯不了。」

「你當時沒有上前確認？」

「我以為是電視裡的聲音。」

「既然是對著你的妻子說『宰了他』，那麼，應該是衝你來的。你認為誰最有嫌疑？」

我內心暗自竊喜，等的就是這句話。

「其實，身為名作家，不招同行嫉妒是不可能的。前陣子剛獲得了『第十五屆推理新風文藝賞一等獎』，我在想，會不會是其他嫉妒我才華的作者下的手？」

「有這種跡象麼？」

「最近，我接到很多匿名電話，當時還不以為然，心想應該是哪位同行幹的。畢竟，身為名作家的我平日裡幾乎不會與任何人接觸，埋頭寫作才是最要緊的事。」

「原來如此。」大鬍子刑警對屬下喝道，「快去查查《Mystery 春秋》其他獲獎者的不在場證明！」

其實，在此之前，推理新風文藝賞二等獎的獲得者二階堂似乎對我問鼎大獎一事頗有微詞。事發後，我偽裝成《Mystery 春秋》編輯部的主編，將她騙到社區周邊僻靜的地方，這樣一來，案發時間她就沒有不在場證明了。只要警方花點精力調查，一定會認為她是重點嫌疑對象。

重要的是，編輯部安插在獎盃裡的竊聽器，在案發時間會明確地將小茜的叫聲傳到另一頭的編輯耳中。結婚時一起錄製的紀錄片在這個時候終於派上用場，而且「二階堂」剛好和她最崇拜的推理名家二階堂黎人名字吻合，稍稍利用音頻軟體對音調進行一番修改，就會演變成小茜尖銳地喊出「二階堂」的叫聲，真是天助我也！

只要《Mystery 春秋》的編輯將這段證詞告訴警方，二階堂一定百口莫辯！

過了沒多久，警方的調查工作暫時告一段落。禮貌地送走他們後，我長舒一口氣。

「小茜，我們就快成功了。為我加油吧！」

我凝視愛妻的照片，不由得感慨萬千。

3

隔日，警方的調查還在繼續。

他們一早向我確認了《Mystery 春秋》編輯部的地址後，便組織警力展開調查。

我想，他們這會兒應該已經問出二階堂的事了。

「警官大人，請問調查進展如何了？」

焦急的語調拿捏得恰到好處，不論是誰，都會泛起對被害人家屬的同情心。

「不好意思，太刀田先生，我們目前還沒抵達《Mystery 春秋》編輯部。」

「啊，為什麼？殺害我妻子的兇手一定就是二階……哦，不，一定是哪位嫉妒心強的作者，希望你們趕緊抓住那個十惡不赦的傢伙！」

「您的心情我能理解，但……《Mystery 春秋》的地址並不在您說的A街，而是更偏遠的D街，您確定沒搞錯地址嗎？」

電話那頭的刑警似乎強壓著怒火。

「不可能有錯的！A街一百六十二號有幢辦公大樓，他們就在二十一層。」

「哦，那麼肯定？您有親自去過嗎？」

「沒有。不過我絕不是要你們，《Mystery 春秋》雜誌裡明確無誤地刊登著地址呀。」

「太刀田先生，據我們瞭解，編輯部已經在十年前就搬到D街去了。」

「怎麼可能……」

刑警的話讓我錯愕。我趕緊抓來手邊的《Mystery 春秋》雜誌，確認道：「A街一百六十二號有幢辦公大樓二十一層，千真萬確，雜誌上都這麼寫著呢。」

「您看的是第幾期雜誌？」

「二〇一八年五月號。」

「唔……這就怪了……」對方詫異地停頓了一下，「或許是校對的問題吧，總之我們先去《Mystery 春秋》那兒，有情況再聯繫！」

掛上電話後，心裡不禁泛起一絲不安。

現在都七月了，為何六月號的雜誌還沒寄來？

反覆確認空無一物的信箱，這種不安感更加強烈。

「究竟怎麼回事？」

小茜死後，自己發出的稿件也如同斷了線的風箏，追隨她而去。

不祥的預感縈繞在我的腦際。

這時，門鈴響了。

——說不定是雜誌社寄來的樣刊！

我慌忙上前確認，然而來者是個矮小瘦弱的外國人。

「您好……請問……這裡是太刀田家嗎？」

雖然不是本國人，但對方的發音十分純正，只是看起來有些羞澀。

「是的。請問您是……」

「我是《Mystery 春秋》編輯部的……實習編輯小Q。」

「太好了！我就說一定是那愚蠢的刑警不認路！哈哈哈哈哈……」

我居然不顧形象地大笑起來，這樣的舉動可把對方嚇得不輕。

「那個……您還好吧？」

小編輯還在狐疑地確認寫在紙張上的地址。

「不好意思，我一時興奮，您此行的目的應該是來催稿的吧？」

對方不好意思地笑了笑：「是的，主編催的很緊，我也無可奈何，請您見諒。」

「馬上就快完成了。不好意思，您先在大廳坐會兒。」

實習編輯端正地坐在沙發上，看得出他十分緊張。

忽然，他眼前一亮，掠過一絲興奮的表情。

「啊！《米斯特里島的暴風》？」

「哈哈……是的……您、您讀過這本書？」

我的心一下子提到嗓子眼兒，仔細打量眼前這位叫小Q的傢伙，怎麼看都有點像南歐人。

「我就是這本書的作者呀……太興奮了，沒想到真的有人在關注我的作品！」

「您，您是作者？」

「是啊！這是我在學生時代的作品。」

一陣天旋地轉，莫非發給我郵件的編輯就是這傢伙？暫且不論抄襲事件，我真正關心的是另一件事。

「那個……請問貴社頒發的獎盃裡，是否藏著那東西？」我指了指耳朵，狡黠地問道。

「實在抱歉，其實我是拒絕的，畢竟這種行為侵犯了個人隱私。我代表雜誌社向您道歉。」

「不用道歉，不用道歉！那個……昨天中午您可曾聽到什麼聲音？」

「聲音？您指的是？」

「例如，有人爭吵的聲音。」

「完全沒印象。因為之前負責催稿的是我前輩。」

也對，這種事實在不得張揚，這位實習編輯應該毫不知情。

「總之，您先稍稍休息。一個小時後，完結篇保證如期出現在您眼前！」

我恭恭敬敬地將綠茶倒好，放在編輯面前，並遞上小茜平日裡愛吃的零食。然後打開電視，男主播正在字正腔圓地播報著社會新聞。

「太好了！因為太刀田大師前天還在電話裡抱怨，專門為愛人定製的刊物還沒做好，說不定趕不上截稿期呢。」

「愛人？刊物？什麼刊物？」

「這個……太刀田大師說要我保密呢，好像是為了照顧愛人的情緒。據說她的愛人在創作道路上一直不順心，至今從未發表過一篇作品，於是她專門為愛人DIY刊物甚至獎盃安撫對方，以免打擾她的創作心境……哎呀，我又多嘴了……要不，您可以親自問問她？」

「您一定記錯了，我就是太刀田本人啊……」

實習編輯狐疑地再次確認手裡攥著的小紙條，一字一句地念叨著什麼。

接著，他那呆板的面龐上竟從鼻側到嘴角浮現出兩條淺淺的紋路，用夾雜笑聲的怪異腔調向我確認道：「您說……您就是……太刀田茜……小姐？」

小姐？這小編輯一定是哪裡搞錯了，雖然之前每次都是小茜將樣刊遞給我，但……

思及此，我不禁背脊一涼。一塵不染的快遞包裹、迅速回覆的郵件、我碼字時同樣安靜的氛圍……難道，獎盃里根本就沒有竊聽器？

獎盃？

這樣一來，連獎盃也很可疑……

此時，電視裡傳來男主播充滿磁性的獨特嗓音打斷了我的思緒。

「第十五屆推理新風文藝賞獲獎者今日揭曉，第三次入圍的作家太刀田茜再次獲得該殊榮，獲獎作品名為……」

II 推理小說家的大賽

一、大賽開幕

「不是吧，又要辦一屆大賽？」實習編輯小Q接過企劃案——第四屆Mystery風尚．推理小說大獎賽，他難以置信地望著柄刀主編，「我記得上半年的比賽才……」

「噓，你給我小聲點！」

會議室大門虛掩，從外頭透出的光亮讓主編有些在意，他煞有介事地探出頭，確信小Q的話並沒有引起同事們的警覺後才將門關上。

「主編大人難道有什麼苦衷？」

「你給我好好翻翻手裡資料。」

「這個？」方才主編的確有讓小Q從列印室取回一遝檔案。

「對，仔細看看。」

「Mystery風尚．推理小說大獎賽歷屆獲獎名單……」

第一屆
首獎：藤峰惠美子《缺失的愛》
二等獎：林雪芙《迷宮偵探雪芙》
西川龍海《犯罪攝影師》

第二屆
首獎：空缺
二等獎：海部肇《質數》
龍周晾《冤罪2005》

第三屆
首獎：河西泰郎《輪迴．偵探之淚》
二等獎：六星騎士《從不說謊的他》
紙枝申之《凶棺》

「這只是獲獎名單而已吧？」

「新人，你再看看被宣傳冊壓著的那摞檔案。」

檔案的最後幾頁，零零散散地排布著一些截圖，看上去似乎是從主編郵箱裡截取的，每頁檔案的頁眉處印著「投訴信」的字眼，小Q感到有些摸不著頭腦：「這都是關於大賽的投訴？」

懇請貴社覆核太刀田囧的《北國之雪》，小說核心詭計和我參與的第二屆Mystery風尚・推理小說大獎賽一模一樣！（小山春奈）

我的《透明列車殺人事件》為何沒入選？編輯一直沒回覆，好失落呀，求回覆TT（西川雅人）

太刀田老師的新作《蛞蝓男》和我的參賽作故事架構太像了，如果是巧合我好開心吶，說明我已經達到大師水準啦！（中山哲也）

「哇，還有這麼多！而且都是質疑太刀田老師的作品。」

「這些都是被我們壓下來的。」主編不懷好意地笑了笑，「新人，這回你知道舉辦這些大賽的意義吧？」

「難道……」

「對，就是你的『難道』。你知道麼？一家出版社的主打作家難免會有遇到瓶頸的時候，不僅作家傷腦筋，我們也傷腦筋吶。太刀田老師又是出了名的『快筆作家』，只要有了靈感，十天之內他就能成書。相反的，如果他一時半會不知如何下手，抑鬱症很快就會發作，有一回過了整整半年才恢復過來。」

「所以，您就想出『Mystery 風尚・推理小說大獎賽』？」

「新人，這也是無奈之舉喲。」

「我、我認為這麼做是不道德的。」

自入職以來，主編總是「新人」、「新人」地稱呼小Q，原本就讓他有些不舒服，如今又知道大獎賽舉辦的真正目的，小Q感到自己兒時的夢想幻滅了。最初接觸推理小說還是小Q中學時代，放暑假時他一個人來到附近的圖書館，個頭不高的他搆不到最上排的書，所以只能在「力所能及」的書架裡挑選自己感興趣的小說。《人間椅子》——還是國中生的他一眼便挑中了這本書，彼時他還不知道江戶川亂步的名氣有多大，只是感慨這個從作者照上看有些偏執的老頭居然能寫出這麼有意思的作品。從此，小Q成了徹頭徹尾的「亂步迷」，受其作品影響進而開始閱讀越來越多的推理小說。因為正值青春期，小Q的家長看到自己孩子天天從圖書館帶回標題嚇人的讀物很是擔憂，而且自從迷上了推理小說後，小Q慢慢開始不和同齡人玩耍，整天窩在房間看書，性格也內向不少。自那以後，小Q勵志要成為出色的推理編輯，看遍所有推理小說，所以當知道主編有意讓他參與「Mystery風尚・推理小說大獎賽」時，小Q的內心雀躍不已，然而現在的他卻陷入了迷茫。

「還沒過實習期的傢伙懂什麼？」主編似乎每句話都在顯擺自己的工齡和經驗，他輕蔑地瞥了一眼小Q，右手指間不停地敲打太刀田囧的暢銷新書書腰上「緊急再版」四個大字，「一本書封面上印著誰的名字你知道銷量會有多大差別麼？就拿這本《北國之雪》來說——『文學X推理！著名推理小說家太刀田囧打破傳統風格絕讚之作。』類似這樣的宣傳語起碼比新人新作銷量好十倍……不，二、三十倍！社裡的收益至少也得……」

「那些作者信上說的是真的咯？」小Q冷冷地打斷主編的話。

「哼，沒什麼大不了，只是分別借鑑其中一個詭計罷了。」

「主編大人，詭計是作者絞盡腦汁想出來的，這種抄襲行為實在太令人不齒了！」

「新人，我是看你從高等學府畢業的才把你拉到這個專案來，沒想到比財務部的倔老頭還冥頑不化。」

「如果您還是堅持以這種方式舉辦第四屆大賽，我也有我的應對方法！」

「呵呵，一個新人而已，口氣倒不小。」

這世道不懂變通的人多了去，但面前這位新人滿口「抄襲」、「公平」的，在柄刀主編眼裡仿佛外來生物似的。他很想告訴新人，如果不是太刀田囧定期發表的新作帶來的可觀收益，出版社早就關門大吉了，在真金白銀面前，什麼理想都不值一提。

二、徵稿期

第四屆 Mystery 風尚‧推理小說大獎賽徵稿啟事

推理小說發展至今已有一百八十年歷史，近年來，國內推理創作蓬勃發展，新老兩代均有頗受大眾歡迎的佳作問世，Mystery 春秋出版社深切領悟到新一代推理新銳的創作潛力。為了進一步鼓勵新人原創作品，發掘新一代懸疑推理創作者，Mystery 春秋出版社將於今年再次舉辦 Mystery 風尚‧推理小說大獎賽。

一、獎項設置：

1、長篇小說首獎一名，獎金五十萬元、二等獎二名，獎金各三十萬元；

2、中短篇小說首獎一名，獎金三十萬元、二等獎二名，獎金各十萬元；

3、潛力新人獎一名，獎金十萬元。

二、評選標準：

1、稿件字數要求（長篇小說：八萬字以上，中短篇小說：二至八萬字）；

2、稿件必須為未出版、未在任何其他平臺發表過的作品；

3、稿件內容不限，沒有特別命題，只要是偵探推理題材的小說均可；

4、所有投稿作品必須為投稿者原創，如有抄襲將永久取消參賽資格；

5、投稿者需是未曾正式出版個人單行本推理小說的新銳作者。

三、投稿時間：

二〇二X年九月一日至二〇二X年十二月三十一日

「今年的稿件就這些？」今天是星期一，作家太刀田囧週末大致流覽完主編發過去的投稿郵件後來到了編輯部。今年三月遇到靈感危機，太刀田一度陷入自我嫌惡的困境中，常常徹夜未眠，半年下來體重足足減輕十公斤之多。

「是的，太刀田老師。」柄刀主編對待金字招牌作家一向很友善，甚至笑得有些諂媚，「第一屆我們收到了一萬多封投稿郵件，直到第二屆都還有八、九千個新人踴躍投稿，這屆雖然離截稿期還有一周多，不過不會有太大變化。」

「傷腦筋啊，這該怎麼辦！現在的新人幾乎都寫『設定系』推理，只要設定重複，不是一句『詭計意外撞車』就能解釋得通的。」

「請問老師過目了嗎？昨天發到郵箱的一百封新投稿。」

「時間太短，所以只看過他們的寫作報告。」

「有合適的稿子嗎？」主編關心地問道。

「真要說的話……有一篇還湊合著可以用，筆名是朱川慎司的。」

「啊，我想起來了，是無人機殺人案那篇！」

「犯人操縱無人機在不同城市接連作案，無人機被綁上槍械，它識別出正在逛街的被害者，接近，然後開槍射殺。難得不是『設定系』又有新意的作品，我決定用這篇了，只需要稍微修改一下犯罪手法即可。」

「請問老師準備如何修改？」

「一開始犯人用改裝後的遙控車在大街上行凶，後來犯罪一步步升級，才變成無人機。總之別在開篇就引起這位……呃，朱川慎司的警覺。」

「有道理、有道理，就依老師的吧。」

「只不過……」太刀田眼神中閃過一絲猶疑。

「不過什麼？」

「這位新人並沒有寫完這部作品，在小說末尾還附上『給您添麻煩了，截稿日前一定會完稿』這樣的說明。」

「新人嘛，沒準截稿日寫不出來就放棄啦。」柄刀主編禁不住笑了出來，「年輕人剛開始創作都對自己的作品有十足的自信，但是這股熱情勁頭一過去能堅持完成全本的少之又少。這樣對我們更有利，按大賽要求，沒完成的作品無法參評，即使這個叫朱川的新人想投訴都構不成正當理由，哈哈哈哈。」

「這回真是給主編添麻煩了，不知是不是上了年紀的關係，思維反應都有些遲鈍。」

「哪裡的話，您是我們社極力主推的當紅作家，換句話說就是社裡的財神爺。只要每年保證寫兩部以上的作品，風頭就不會被其他社的作家搶走。再說了，我們編輯的年終獎金還不得仰仗您嘛。」

「這個您放心，為了報答您的恩情，一個月，不，二十天內我一定完稿！」

「真是令人期待！」柄刀主編對這樣的作家由衷地喜歡，十年前開始社裡就有「柄刀X太刀田」這對黃金搭檔的說法，他深以為然，「舉辦這樣的大賽太有意義了，能得獎的都是千裡挑一的新人佳作，其餘沒能評選上的就是咱們當紅作家的『靈感池』，老主編想的這招實在妙不可言！大賽獎金加起來還不到兩百萬，太刀田老師您每出版一部作品加上衍生版權社裡都能有五百萬以上的收益。」

「雖說有點對不住那幾位新人就是了……」

「老師您言重了，只要您『借鑑』的不是一眼就被看穿抄襲的詭計，我們都有辦法圓過去。」

萬事俱備，今年那豐厚的績效獎又有著落了。

柄刀主編心裡這麼盤算著，但右眼皮今天卻跳個不停，而且腦海中始終浮現那個叫小Q的新人，還有他臨走時說的那句話。

三、截稿期前三日

當遙控車調轉那黑洞洞的槍口時，古田明夫還若無其事地把公事包放在櫃檯，蹲下身準備拾起在他看來頗為新奇的玩具。

「親愛的，你在幹麻？」

收銀臺前，情人嬌滴滴地抱怨道。

「妳看，這輛玩具車好像一直跟著我誒。」古田明夫指著迎面駛來的玩具車，當它觸碰到古田鞋尖時，輪胎忽然停止了運轉。

「啊，真的，應該是遙控車吧，附近也沒小孩拿著遙控器呀。」

「笨，只要遙控車搭載的系統能接收到信號，不管多遠都能被終端操控。」

「親愛的，看來是我被時代淘汰了噢。」

「我就喜歡妳直率坦誠的性格，和家裡那個臭婆娘完全不一樣。」

「那……我能叫你『老公』嗎？」

「可以，當然可以！」

「老公……」

兩人又甜蜜地相擁在一起，他們都沒留意此時的遙控車已經打開那天窗似的「艙門」，從裡面露出的是精緻小巧的手槍，槍口隨著古田明夫的身軀不斷移動著。

嗶嗶，目標鎖定，發射！

當玩具車繞到古田身前，發出奇怪的電子音後，三發子彈迅速從槍口迸射出來，精準命中古田明夫的左胸。古田驚愕地望著胸口湧出的鮮血，在周圍人群的慘叫聲中倒了下來。

太刀田長長地伸了個懶腰，今天的章節總算結束了。以二十天交稿期推算，再花一週左右完成初稿，後面的五天用來修編真是綽綽有餘。

「不知道那個叫朱川的新人寫的怎麼樣了，這個時間點還沒交稿，怕是寫不出來了吧？加油啊，朱川，我的新作還得指望你呢！」

太刀田計畫引用一則昨天看後覺得不錯的詭計，再將第一屆投稿後一直默默無聞的新人作品中一些新穎的橋段「移植」過來就大功告成了。

在和柄刀主編電話溝通後，新作的標題總算定了下來。柄刀主編認為叫《失意者聯盟》更能與讀者產生共情，故事主要架構就是隨著社會科技的進步，城市裡只有5%的高端人才在研發崗位上工作，其餘一般民眾的勞動都被機器人所取代，高樓大廈全部由智能機器人搭建、交通運營全部交給掌握大數據的電子管理員，一般民眾的社交時間大大增加。這樣一來，雖然與家人相處時間增多，但社會由一個極端走向另一個極端，婚後出軌、家庭生活破裂、過度社交導致心理健康問題日益增加……在某個城市，生活上受到挫折的一些失意者組織俱樂部，大家傾訴自己遭遇之後，以投票決定對目標人士的「處決行動」，古田明夫是第一個標的，在那之後，都市裡接連發生類似的殺人事件……

關於故事的結局太刀田囧尚未形成清晰的構思，他並不想靠自己思考，而是寄希望於那位姓朱川的新人，萬一朱川沒有按時交稿，太刀田也可退而求其次「嫁接」其他新人參賽作的故事走向，確保萬無一失。

四、截稿期前一日

——現在插播一條突發新聞。

——S縣發生一起利用智能遙控車的槍擊案件，被害人是K地產公司社長土屋植人，五十七歲。據案件目擊者稱，被害者大約在晚上十點十五分左右和朋友一行人來到K百貨公司，那輛遙控車徑直駛向被害人，並對其精準射擊，三發子彈均命中心臟，被害人當場死亡。在行凶後，終端的操縱者引爆遙控車的小型炸藥，遙控車當場被炸成碎片，這讓警方的後續調查受到阻礙。後續進展請關注本台報導。

「大事不好了！太刀田老師，您有今早的新聞嗎？」

「啊，我看了。」主編的聲音很急促，太刀田也跟著調高手機的通話音量，「小說昨天才發布內容簡介和試讀章節，還拍了先導影片大肆宣傳，這下如何是好？」

「拜你所賜，早上已經接到不少讀者的來電，沒準警方正在過去找您的路上呢。」

「什麼……警方？」太刀田滿腦子問號。

「太好了，看樣子他們還沒找您麻煩。我這通電話只想告訴老師您，如果警方問起來，千萬不要對他們說大獎賽的真實目的和那個叫朱川的新人參賽小說。」

「不能說嗎？這樣一來倒楣的可是我太刀田啊！」

「就算為了社裡的聲譽著想，請老師務必思考出對策！」

「傷腦筋……讓我考慮考慮。」

「老師，沒有給您考慮的時間了！」柄刀恨不得從電話線那頭拽住太刀田的衣領，「如果大獎賽的醜聞公之於眾，老師本人和出版社都會名聲掃地，這可不是道歉可以彌補的。」

「……行，我盡力就是了。」招牌作家懶洋洋地回道。

然而掛斷電話沒多久，柄刀主編的話果真應驗了。一陣陣急促的敲門聲過後，站在太刀田囧面前的是三名警方人員，對方亮明證件後，為首的中年男子看了看住戶牌，禮貌地問道：

「請問，您是太刀田老師麼？」

警官的聲音意外地富有磁性，和太刀田小說裡咄咄逼人的形象有些出入。

「我是太刀田。」

「您好，我是靜川警署的刑警，敝姓小山。有關昨晚的街頭遙控車槍擊案想必您一定聽說了吧？」

「我也是剛剛看新聞才知道的。」

「那個……冒昧問一句，老師就是著名的小說家太刀田囧沒錯吧？」

「確實是在下，為何您這麼問？」

「不，我只是有些意外，我想以老師您的收入應該住更豪華的宅邸才是。」

警官似乎有意緩和雙方談話的氣氛，「果然如此，那真是幸會，內人是您的忠實讀者。」

「這也是我的榮幸。」太刀田微微頷首，目光裡還是保留著幾分謹慎。

「事到如今我就開門見山了，老師昨天發表的最新作《失意者聯盟》同樣出現和本次案件相近的橋段，對吧？我們也是接到您書迷的報案才引起警覺的，有沒有一種可能，兇手是看了老師的作品後才決定動手的？」

「這個麼……我想應該可能性不大。」太刀田早已和主編商量過說辭，「首先，兇手一定對土屋社長具有強烈的殺意，而且行兇路線應該得提前布置好，我的小說是昨天才推出簡介和試讀章節，雖然內容上相似度很高，但我覺得應該只是一場不幸的意外，身為作者的我感到十分抱歉。」

「請問您已經完成了嗎？《失意者聯盟》的全部章節。」

太刀田對警官突如其來的問題有些措手不及，他故作遺憾地搖了搖頭，「原本打算這個月完成的，結果遇到了瓶頸。」

「也就是說，讀過您文章或是給您提供建議的只有您的編輯咯？」

「……嗯，可以這麼說吧。」

「出版社是 Mystery 春秋？」

「是的。」

「您的編輯是……」

「柄刀拓人老師。」

「哦，那可是小有名氣的圖書編輯呢。」

「看來刑警先生平常也讀推理小說。」

「零零星星吧，做這行的多少會有些興趣。」刑警接著問道，「接下來恐怕得請老師回答一些例行的詢問。凶案發生時間，也就是昨天晚上十點十五分左右您人在哪裡？」

「當然是在家，寫稿件呢。我記得最新章節發到柄刀主編郵箱是在十點二十七分。這可以作為不在場證明吧？」

「有點困難，因為操控的終端如果是在家裡，的確會存在一邊操縱遙控車一邊做其他事的可能性。」

「荒謬！這個叫土屋的人我一點都沒打過交道，怎麼可能會想要殺他！」太刀田額頭上的青筋更加凸顯，儘管怪異的腔調聽起來有做戲的成分，但柄刀主編交代過要他扮演「脾氣古怪執拗的當紅作家」，說是這樣一門心思專注在工作上的人多少能減輕警方的懷疑。

「老師請息怒，根據我們的調查，土屋植人所經營的K地產公司曾經是您畢業後工作的第一家企業？」

「都離開多少年了，這種事誰會記得。」

「那可不一定吧，我們還找您的前同事打聽，據說您離職時土屋社長……不，當時還是副社長的他還嘲諷您一定成不了著名的推理作家。」

「是嗎？我不記得了。」太刀田打算輕描淡寫地糊弄過去，「不過如果真有這事，現在受打擊的應該是他才對，您說是吧？」

「也對。」刑警對屬下低聲耳語後，繼續問道，「除此之外，您瞭解在發布作品前唯一讀過它的柄刀編輯嗎？」
「案發時我正和他通電話呢，這世上應該沒有哪個兇手心理素質好到邊打電話邊殺人。」
「你們從幾點開始通電話？」
「晚上九點三十分開始，一直討論到十點二十分，然後我稍微修改了一下新章節的幾個錯別字和病句，就把稿子發到柄刀主編郵箱了。我這有通話記錄。」
「好的，冒昧請問如果我們要對這兒進行搜查，您不會介意吧？」

五、截稿日

「老師，我總感覺有些不對勁。」
第四屆 Mystery 風尚・推理小說大獎賽截稿日已過，但柄刀主編已經無暇關注其他，一大早就到達編輯部火急火燎地去電給太刀田冏，關於大獎賽的事宜全權交給新人小Ｑ操辦。
「主編大人早啊，」太刀田懶洋洋地應了一聲，「您不是說警方沒有調查出什麼蛛絲馬跡？而且，我看新聞報導說他們已經開始從被害者人際關係入手調查了。」

「啊，老師沒看今天的新聞嗎？」

「沒有，怎麼了？」

「命案啊，又有人被殺了！又是那輛遙控車！」

「你說什麼？」

「麻煩老師趕緊看看新聞報導。」

太刀田打開電腦流覽器，在搜索欄裡輸入「遙控車」三個字，首個聯想詞便是「靜川遙控車連環殺人案」。

「連環殺人……已經有第二起了啊……」

太刀田自言自語道，接著開始翻閱頭條文章。

靜川縣發生第二起遙控車連環槍擊案件

近來造成社會轟動的遙控車槍擊案又有新的突發狀況，昨日（十二月三十日）晚十點三十分，環能寺附近的步行街又發生一宗類似案件。S綠色環保檢測機構財務總監小澤芳爾（四十八歲）和朋友在兒童玩具店購物時遭到槍擊，據目擊者稱，小澤先生在收銀臺結帳時一輛遙控車從店鋪角落駛來，並接連發射三發子彈，小澤先生當場身亡。接到報案後，警方立即組織警力開展搜查，並綜合前起案件的階段性調查成果尋找二位被害人的共通點，本報將繼續跟蹤系列事件的調查進展。

「在玩具店結帳時被槍殺……這不是……」太刀田下拉滑鼠，命案現場的確是兒童玩具店，而且和《失意者聯盟》裡描述的玩具店幾乎別無二致。

「喂，老師……老師，您在聽嗎？」電話那頭的柄刀主編不知重複了多少遍。

「……在，我在聽。」

「您還覺得問題不大麼？這次的事件和您新作的第一個被害者遭遇一模一樣！他瞞著妻子和情人出去幽會，正在為三歲的私生子買玩具時被槍殺的！」柄刀主編的聲音愈發歇斯底里了，「這下可不得了，雖然老師的作品隨著話題度上漲付費閱讀的讀者越來越多，這點站在社裡的立場來說是很高興啦，但是……」

「主編大人，在新作發表前應該只有您讀過吧？」

「除了我之外，還有一個新人編輯。」

太刀田似乎意識到了什麼，接著問：「關於大獎賽的祕密呢？」

「當然是你知我知啦！」柄刀沉默半晌，突然高聲「啊」的一聲，「不對、不對，前幾天我本來想讓他熟悉一下編輯工作，看小夥子人也老實，所以向他透露了點……」

「他現在在您身邊嗎？快把他叫過來！」

「難不成您懷疑他？不可能的，那傢伙看上去膽子小得很，連大獎賽的事都怕得要命，現在還不敢參與呢。」

「他人在哪？」

「剛跟我請了假，說身體不舒服，這個點應該還沒到家。從社裡坐地鐵回去大概要一個鐘頭吧，在神海站那兒。」

「我現在就過去找他，主編大人最好也一起去，我們當面對質！」

「太刀田老師別激動啊！喂、喂？」

——只有三個人預先知道《失落者聯盟》的劇情，如果兇手不是自己、也不是柄刀主編，那麼唯一有嫌疑的就是新人編輯小Q，除此之外別無可能！

太刀田的家離神海地鐵站非常近，步行只需十分鐘，他幾乎用跑的來到站前，氣喘吁吁地打開手機，柄刀主編將小Q的照片發給太刀田，並告訴他小Q剛下地鐵，正準備回家。太刀田等了沒兩分鐘，一個年輕男子從地鐵站走出，錯不了，那個人就是小Q。

——太好了，總算被我逮到了。

不過，小Q的表情顯然有些可疑，他謹慎地看了看四周，快步走向「In-time Coffee」，像是在等誰。太刀田壓低帽檐，跟著小Q坐在他身後桌，店裡飄出的咖啡香並沒有讓太刀田放鬆絲毫，他屏息凝神地等待那位與小Q見面的人。

「請問您需要些什麼？」

服務員的詢問嚇了太刀田一跳，他一面假裝咳嗽一面指著桌上的生椰拿鐵。

「一份大杯的生椰拿鐵是嗎？」服務員面帶困惑地確認道。

太刀田環視店內，明明是工作日，「In-time Coffee」內居然幾乎坐滿了人，他們表情嚴肅，有的拿著報紙日期卻是幾天前的，還有的正朝著自己不停張望。

——氣氛未免太詭異了吧，到底怎麼回事。

正當他猶豫是否要打退堂鼓時，座位下方傳來「咕嚕咕嚕」的聲音，太刀田俯身一探，不祥的預感果真應驗了！發出聲響的不是別的東西，竟是那輛遙控車，只見他徑直往前開，停駐在小Q身旁。今天小Q出門前忘了戴眼鏡，遙控車又停留在陰影處，沒等小Q湊近看清它的模樣，繫在車身上的手槍便已發射三枚子彈，外頭照進店內的幾縷陽光穿過小Q上額留下的透明孔洞，直接投射在太刀田僵硬的臉上。幾乎同一時間，遙控車發出駭人的爆炸聲響。

「哇啊啊啊啊！」
慘叫聲此起彼伏，太刀田簡直不敢相信自己的眼睛，有人在自己面前照著自己的小說情節遇害，而且還是出版這本小說的編輯部成員，這實在太詭異了！
「怎麼會這樣！」
「殺人、殺人啦！」
坐在角落裡的男子放下遮擋面容的報紙，從容地走向太刀田，原來是之前那名刑警。儘管發生這樣的殺人事件，他的語調依舊溫潤有禮：
「太刀田老師，很遺憾我們又見面了。關於這起事件和前兩起事件相關內容請和我們一起到警局說個明白。」
「小山刑警，真的不是我幹的，您務必要相信我！」太刀田帶著哭腔央求道。
「事到如今我們也是秉公辦事。從昨天開始我們就在跟蹤編輯部的相關成員，沒想到在這裡遇見老師，希望您別說這是個巧合。」小山警部打量著太刀田怪異的裝扮，朝他笑了笑，似乎在說自己可不是小說裡的蹩腳刑警，「另外，我們趁太刀田老師離開時，在府上找到了遙控終端裝置，這下有必要麻煩您隨我們移步。」
「不可能！我不是兇手，你們抓錯人了！」
刑警從上衣口袋裡掏出手銬，冰冷的觸感滑向太刀田的手腕處，他做夢也沒想到身為暢銷書作家的自己竟因為小說情節被當作殺人犯遭到逮捕。

六、大賽中止

「被發現可就糟啦。」

得知太刀田被警方逮捕的消息後，柄刀主編深夜趕回 Mystery 春秋，為了維護社裡的聲譽，那名叫朱川的新人稿件必須徹底從郵箱裡消失。由於小Q遇害的關係，傍晚下班前，柄刀將第四屆 Mystery 風尚・推理小說大獎賽中止的通知和致歉函一併發布出去。他打開電腦，想起了一件事。

「話說回來，那位叫朱川的新人並沒有按時交稿啊。」

新人就是新人，柄刀主編喃喃地打開郵箱，除了自己的收件箱外，小Q的收件箱也得仔細檢查。他打開小Q的電腦，桌面上淩亂地新建各種檔案夾，其中還有他自己撰寫的推理小說。

「原來那傢伙也寫小說啊。」

《倒錯的偽作》朱川慎司

《星光山莊的魅影》朱川慎司

《無人機殺人事件》朱川慎司

「那個新人是……朱川慎司？」柄刀主編啞然望著小Q的檔案夾，回想起他在大獎賽布置會上說的那句「我也有自己的辦法」。

難道這就是他的辦法？研究太刀田囧的喜好，進而引誘他剽竊自己的小說，最後達到告發的目的？

柄刀主編這麼想著，索性把小Q電腦裡的硬碟格式化，不給那個警官留下任何證據。

「話說那個警官好像在哪裡見過啊。」

格式化完成，接下來是小Q的郵箱。

復仇信

「這是什麼？」

柄刀心臟撲通撲通地亂跳個不停，小Q的郵箱裡每隔三、五天就會收到標題為

「復仇信」的郵件。

貴社袒護自家作者太刀田囧，濫用內人小說裡的情節和詭計，致使原本十分有自信獲獎的她患上抑鬱症，最後自殺，我要代替內人、代替所有被貴社無恥抄襲詭計的作者們復仇！

從匿名郵箱發出這封預告函後，小Q接連收到「三」、「二」、「一」的倒計時郵件。

「難道這就是新人的報復方式？」柄刀主編扭曲的表情已經瀕臨崩潰，「他以為這個人要向我和太刀田老師復仇，結果自己被殺了？真蠢、真蠢啊，哈哈哈哈哈哈。」

《雪》小山春奈

小Q的辦公桌上放著列印出來的這部作品。

「我記得這是上上屆的投稿作品吧，後來被太刀田老師……」

柄刀突然想起了某件事，像瘋了般歇斯底里地尋找那疊資料，那疊交代小Q列印的資料。

「果、果然！」

> 懇請貴社覆核太刀田囧的《北國之雪》，小說核心詭計和我參與的第二屆 Mystery 風尚・推理小說大獎賽一模一樣！（小山春奈）

「我記得那個刑警也叫小山！」收到這封署名小山春奈的檢舉信是在前年，柄刀回憶起小山警部來到編輯部詢問時不斷打聽關於第四屆 Mystery 風尚・推理小說大獎賽的情況，而且……

而且，太刀田老師平日裡除了 Mystery 春秋相關編輯人員外，從不與外界有任何聯繫，即使簽售會也沒有舉辦過一次，是個性孤僻的傢伙，柄刀相信他絕無可能是兇手。

換個角度思考，如果太刀田老師是遭人栽贓的，唯一有辦法將通訊設備終端轉移到太刀田老師家的只可能是到過他家的人。

小山警部！

難不成……

柄刀主編若有所思地闔上電腦，這一刻，他倏地背脊一涼，電腦螢幕像透亮的鏡面般反射出他身後的景象。

一名男子正悄無聲息地出現在柄刀主編身後。

PART 2

失粉危機

Ⅲ推理小說家的聯動

「狀況很糟啊……」

每當柄刀主編發出這樣的感慨時，意味著太刀田囧的作品又要大動干戈了。太刀田攥著列印好的稿件問道：「有什麼問題嗎？」

「太刀田老師，讀者回訪記錄顯示您近半年的作品人氣直線下滑喲。」

「……也許是題材的原因？」

「不管什麼原因，如果還持續這麼糟糕的走勢，恐怕您在期刊的地位會受到影響。直接點說，就是您的稿酬和我們出版您作品的優先順序別。」

太刀田慌忙應道：「主編大人，您有什麼方法可以挽救我的人氣？」

「這個麼……」柄刀摩挲著下巴的鬍鬚，似乎真的在傷腦筋，「老師的作品都比較傳統，這是所謂『高情商』的說法，直白點說就是無聊。」

太打擊人了。

太刀田面露不悅，但也只能繼續陪笑：「主編大人認為我要如何改進呢？」

「對了，不如搞個聯動吧！」

「聯動？」

「就是借助其他高人氣大作，將自己的作品影響力傳播到對方的粉絲群體內，這樣您的作品就會迎來為數可觀的粉絲群體關注，才會有新的機遇。」

「您說的意思……我不太理解。」

「簡而言之，就是在您發表的作品裡加入其他作者已經享有超高人氣作品的登場人物，做個『聯動』，很簡單吧？」

「可是，這樣的作品能算是原創嗎？」

「老師還在乎什麼原創？」柄刀主編嘲諷般的一笑，「比起這個，還是關注一下流失的比水龍頭出水還快的粉絲吧。老師，您的地位要緊，還是不值一提的無聊尊嚴要緊？」

「……我、我試試。」太刀田手裡那摞稿件被攥得更緊了。

「拿您的新作來說……《解決饑荒研究會》，聽上去立意不錯，敘述性詭計也挺有意思，不過身為讀者，看完也就看完了，不會留下很深的印象，簡單來說就是沒有話題度。」

「那我要如何改進呢？」

「照我剛才說的做不就得了。」柄刀編輯擺出一副詭異的表情湊上前，幾乎貼著太刀田的面龐低語，「如果這期讀者回訪依舊不理想，需要解決饑荒的可是您自己喲。」

《解決饑荒研究會（改）》

文／太刀田囧

「我快餓扁了……」

「已經三天沒東西吃了！」

「再沒東西吃的話，我們真沒辦法活下去啦！」

「肅靜！肅靜！」

村民的埋怨令我勃然大怒。一群衣來伸手飯來張口的傢伙！成天只想著同伴會把吃的送到自己嘴巴裡，他們到底有沒有想過靠自己的勤勞來獲得豐收呢！

「我覺得是時候改改村裡的風氣了。」我鄭重其事地說道，「以前，我們只想著讓老大為我們提供糧食，你們知道他冒著多大的風險從鄰村搶來這些食物嗎？你們只懂得埋怨現狀，從沒想過如何回報老大對我們的恩情！」

「可，可是……」發言的是村裡最懦弱的老二，雖然是我的長輩，但我卻十分瞧不起這傢伙，遇到困難就只懂得打退堂鼓，沒用的東西！

「老大在鄰村遇害後，我們可謂群龍無首，直到現在都制定不出一套合理有效的和鄰村的作戰方針。」

「就是說啊！」老三也跟著附和道，「前些天老大冒著危險和鄰村那些傢伙展開殊死搏鬥，最終還不是寡不敵眾，落了個有去無回？」

「唉……那些傢伙實在太強大了。知道我們這兒鬧饑荒，故意設下陷阱謀害我們。」

「真是群陰險的東西！」

「閉嘴！」我大怒，「長他人志氣滅自己威風，這是什麼意思？別忘了，我們今天就是為了解決這個問題才設立了『解決饑荒研究會』。目的就是想辦法從鄰村搶得食物，讓兄弟們豐衣足食。」

「既然村長您說得頭頭是道，敢問您有何高招？」

可惡，居然被老二反將一軍。

「我們這村子一年四季不通水不見光，一片陰森森的毫無生機，加之村裡的勞動力也很薄弱，想要過上自給自足的日子是不可能的，想要活下來，唯一的辦法就是從鄰村搶東西吃。」

「可是鄰村兇殘的傢伙多了去，連老大這麼勇敢的漢子都只能趁夜黑風高之時從鄰村打劫點東西，連著幾天下來，那些傢伙必然有所察覺，所以老大才……」

「唉，我早就勸過他別一次就拿這麼多東西回來……」

老二裝腔作勢地歎了口氣。

「你這狼心狗肺的東西！」說話的是老大的妻子，只見她淚眼汪汪地說，「每回分食物的時候，提議要按輩分來定量的還不是你！」

真是可憐她了，弟兄們能撐到今天還是多虧了她那能幹的丈夫。我發誓為了老大就算拚了命也要想方設法從鄰村搶到食物！

「總之，大家先冷靜下來，總結出以前失敗的經驗，接著探察敵情。知己知彼，才能取得勝利。」

「鄰村雖然只有幾個村民，但個個都是狠角色。為首的是個粗莽大漢，還有他的夫人，連他們養的貓也是體型碩大，另一個則是每天穿著黃色衣服的小毛孩，別看他平常傻乎乎的樣子，見到我們就像打了雞血，只要被他發現，就別想逃命。還有一些人只是偶爾遇見，總而言之，他們的主要火力都集中在那個粗莽大漢身上。

這些傢伙都不是好惹的，在光天化日之下根本別想從他們手中得到東西。」

「這還用說？前些日子，老三的三個兒子一心想偷到更多的東西戰勝老大，回來向我們炫耀，竟然在大白天跑到他們那去搶食物。沒想到半路就被村長養的貓碰了個正著，驚動了他們老大……」

「可別提了……他們的頭兒可是個狠角色。」

被村民提起傷心事的老三憤憤地說道：「那天殺的傢伙，我饒不了他！」

「可是我們自己都餓得前胸貼後背的，還拿什麼和他作戰？」

兄弟們說得有理，鄰村的村民都不是容易對付的傢伙。前些天，老三的三個兒子與對方的頭領正面交鋒，不知他哪來的怪力，居然一記飛踢直接踹中其中一位兄弟的腹部，只見他掙扎了片刻就壯烈犧牲了，其他二位也在逃回村子的半路上被鄰村的其餘村民殺害。眼睜睜地看著自己兒子犧牲的老三心裡別提有多難受了，這之後他老是為自己當初沒豁出去救他們感到深深自責。

「記得他們老大叫做什麼『大助』吧？真是個兇殘的傢伙！」

「還有他的妻子更不好惹，雖然看上去比大助瘦弱很多，但真正發起怒來比他丈夫殘暴多了。」老二咬著嘴唇，搖搖頭說道，「你們看到沒？有一次，他的妻子竟把其他村的兄弟直接打死，連眼都不眨一下，說她是怪物都不為過。」

「唔……看來我們偷東西時一定要避開那兩個傢伙。」我總結道。

沒想到那個看起來溫柔和藹的中年女人居然如此心狠手辣，果然人不可貌相，當面對敵對勢力的挑釁時都會露出猙獰的面孔。

「可是鄰村最鮮美可口的東西都在他們倆手中，如果兄弟們想得到溫飽，勢必得從他們手中搶奪食物啊。」

「如果以你們這種狹隘的目光，是永遠無法獲得食物的。」

我不屑地對他們說。

「那村長有何妙計？」老二瞪了我一眼，發出嘲諷似的笑聲反問。

「你們這群廢物，難道沒注意到他們每天都會把食物分給那只貓嗎？」

「您的意思是……」

「我們沒必要一次就偷那麼多東西，這樣會引起對方的懷疑甚至圍攻，下次偷到東西更是難上加難。既然如此，我認為不如一天偷一點東西，積少成多。每天把偷得的東西積攢起來，首先分予最需要的村民，你們意下如何？」

「這個方法可行，我也發現鄰村的村長每天都會把一些吃的東西分給他養的貓。」

「可惡，這年頭連只貓都比我們混得好！」

老三憤憤不平地抱怨。

「既然方案已定，那麼我們就按順序輪流從鄰村搶奪食物吧。」

「那麼，要按什麼順序行動呢？」

「當然是由最需要獲取食物的先行動了，我們不派代表，如果自己想吃到東西，那麼就要自己行動，用自己的勞動養活自己。我們就由兩位兄弟組成一個小組，每個小組依次行動，你們意下如何？」

「同意！可偷得的食物呢？」

「當然由獲取者優先享用，我與老大不同，最討厭的就是不勞而獲。如今村子正面臨前所未有的饑荒，每個村民都有責任承擔獲得食物的任務！」

老三自告奮勇，「那好，今天就由我先打頭陣。」

隔天，老三只花了十分鐘便興高采烈地帶著食物歸來。

「哇！大哥真是老當益壯！」

晚輩們對老三的戰鬥力刮目相看，大夥兒都歎為觀止。

「還是村長的方法好。」大家眼巴巴地看著老三狼吞虎嚥地將偷來的椰子餅送進嘴裡，可惡，如今這點東西都能讓他們滿足，和以前相比真是大相徑庭。「那個大助每天都會把一盤食物拿給那隻貓吃，當時我一心想著一定要讓自己擺脫饑餓，便一鼓作氣衝了過去。沒想到那隻笨貓居然像是活見鬼一樣嚇得落荒而逃，食物也手到擒來了。」

「太厲害了。」

「三爺真乃吾村之大英雄！」

「只要三爺一出手，就沒有辦不到的事情！」

晚輩都對老三拍起馬屁來，這讓我很不是滋味，主意分明就是我出的嘛！不過，鄰村主人養的貓如此膽小懦弱也讓我有些意外，明明吃得那麼肥，體型碩大，見到老三時居然二話不說便逃跑了。

「等等，你確定牠沒有跟大助通風報信嗎？」

「嗯，我躲在角落裡隱蔽了一會兒，都沒見大助趕來。」

估計鄰村的傢伙們都出去活動了，只留下那隻笨貓，機會難得，我便下令道：

「下一組抓緊時間，馬上行動。」

「報，報告老大！」

早些時候，村裡的兩個晚輩自告奮勇去奪取食物，可過了老半天都不回來。正擔心他們是否已經遭到鄰村那群殘暴的傢伙迫害時，他們竟一路狂奔了回來，說話上氣不接下氣。

「你們這是怎麼搞的？去了這麼久還什麼東西都沒帶回來，是不是被那個『大助』給追上了？」

「不，不是的。」晚輩呼呼地喘了口氣才繼續回答，「我們發現了，鄰村的大祕密！」

「哦？這話怎麼說？」

「我們知道鄰村儲藏食物的倉庫了！」

「你說什麼！」

全體村民立刻把他們團團包圍，你一言我一語地拋出各種問題。

「肅靜！肅靜！先把話說清楚！」

可惡，居然沒把我這村長放在眼裡。

我大怒道，「你們說說，到底是怎麼回事？老大混了那麼多年都沒聽他提起，怎麼偏偏讓你們發現了鄰村的倉庫呢？」

「是真的！裡面有吃不完的東西！」另一位晚輩說道，「其實，鄰村有兩個！」

「什麼？有兩個？」

「是的，這兩個村子通過一條陰森的隧道連在一起，而且兩邊的建築都是一模一樣，但那頭的東西取之不盡用之不竭。」

「果真有這種寶地？」

「千真萬確，我們在那兒看到好多美味的食物，椰子餅、蛋糕、八寶飯、銅鑼燒還有各種以前見都沒見過的東西，於是忍不住就當場吃掉了，現在肚子脹死了。」

「更離奇的在後面。當我們享用完美食過後從隧道歸來，這傢伙才提醒我要帶些東西回村，然後我們又通過隧道回去，沒想到……」

他們用得意的目光掃視著每一位在場的村民。

「別吊胃口了，快說！」

「沒想到那些東西又出現了！」

「怎麼可能！」我大吃一驚，「鄰村的村民哪兒去了？」

「一個也沒有，那裡完全是我們的天下！」

取之不盡的食物？

突如其來的好消息讓我們雀躍不已，我二話不說便帶著十幾位弟兄沿著兩位晚輩所指的方向前進。

隔天，我歸來的第一件事就是處死昨天謊報軍情的晚輩。

「村長，冤枉啊！」

「廢話少說，你們分明就是鄰村的奸細！」我咬牙切齒地吼道，「一定是他們用食物收買你們，引更多的弟兄上鉤。我們十幾位弟兄統統中了你們的奸計，大家都被鄰村的村民殲滅，只剩我一個成功脫逃，今天還不將你們就地正法為死去的弟兄報仇！」

「村長，我們說的都是實話啊！」

「可惡，剛剛又有一撥弟兄朝你們說的地方跑去，你們非要把大家害死才心滿意足嗎？」

一向膽怯沒有主見的老二此時也義憤填膺：「這兩個罪魁禍首，一定要用最嚴厲的村規懲罰你們！」

不知大夥兒是太過饑餓還是都被憤怒沖昏了頭腦，短短幾分鐘時間便將這兩個晚輩生吞活剝，吃得一乾二淨，就連我們自己都為這股饑荒帶來的衝擊力感到震驚。

沒過多久，在我們後一批出發的弟兄們居然全部回來了，臉上掛著心滿意足的笑容。

「你們……沒被……捉住嗎？」

為首的老三對我的問題表示十分疑惑，回答道：「我們都是吃了好幾天份的食物才回來的，難道你們不是？」

「怎麼可能！」我大叫，「十幾位弟兄都被那兩個傢伙出賣，全部死在鄰村那些傢伙手裡啊！」

這回老三更加疑惑了，和歸來的夥伴面面相覷。

這到底是怎麼回事？為何每組弟兄前去都遇到不同的情況？照理說，在殲滅我們這組弟兄後，應該對老三他們的來襲更加防範才是啊，怎麼會一個人都沒有呢？

身為村長的我自然有種被玩弄於股掌之中的羞恥感，立刻奔往隧道的方向一探究竟。就在我透過縫隙企圖穿進隧道時，突然傳來一聲瘋狂的鳴叫，在那之後，一股劇痛朝我腦部襲來。

我漸漸地失去知覺了，鄰村那些傢伙聒噪的對話縈繞在我耳邊：

「哇！**時光機**的抽屜裡居然有只大老鼠！怎麼會這樣？大雄，一定是你幹的吧！」

「我才沒有咧……哇！怎麼回事？天花板上的閣樓居然也有這麼多老鼠！**哆啦A夢**，快來幫我消滅它們啊！」

「**開什麼玩笑！我最怕老鼠了！**」

Ⅳ 推理小說家的追憶

一

1、《Mystery 春秋》編輯部

「什麼意思？要推薦北山？」戴著黑色墨鏡的推理小說家太刀田囧突然拍著桌子大吼一聲，原本寂靜到可怕的《Mystery 春秋》編輯部一下子沸騰起來，幾個新來的編輯開始小聲地竊竊私語。

「喂，太刀田大師。別激動，別激動。」

一臉慈眉善目的柄刀二編輯一邊安撫他走進編輯室的特別洽談室，一邊皺著眉頭示意其他編輯趕緊忙自己的事。他先關上門，然後將剛泡好的紅茶遞到太刀田囧的面前，為難地說道：「你也知道，這個大獎的名額只有一個，如果頒給你，我想……其他作者都會……」

「都會有意見是嘛。嗯？」

太刀田的態度就像霸道的社長一樣。他是在編輯部裡出了名的難應付作家，編輯部的成員一致認為能和這種得理不饒人的傢伙默契合作的就只有好好先生柄刀二了。不論怎麼被人刁難，他總是一副和事佬的模樣，根本沒見過他發脾氣的樣子。

「該怎麼說呢……這次『貓狼城』推理小說大賽出色的作品實在不少……我們也很頭痛呢……」

「這不對吧，初審的時候不是還信心滿滿地和我說非我莫屬嗎？」

「畢竟，那時候還沒到截止日期……而且評審中途換人……」

「他們對我的作品不滿意嗎？」太刀田抬高聲音吼道。

「不，不，您聽我說，我們瞭解您創作的艱辛。但是，現在的讀者群和以前不同啊。」

「什麼意思？」

「怎麼說呢，應該說是不同時代有不同時代的喜好吧。」柄刀二編輯搔搔頭，眉頭皺成「川」字形，從側面看甚至比鼻梁還要突出，「一開始，他們喜歡的是神祕怪誕的小說；到了中期，讀者又偏好松本清張的社會派；到了十年前，他們又愛上了新本格，現在又講究輕小說式的寫法……讀者的喜好變化得讓人難以捉摸。」

「可是……你們的規定裡不是提到風格不限嗎？」

「當然要這麼寫啦，您的創作生涯也有十幾個年頭了，應該沒見過哪個大獎的徵文有限制風格的吧？」

「話雖如此，但是不代表硬漢派的作品就沒市場啊。寫實類的作品總比那些不切實際的作品好多了吧！」

「這個……現在我們雜誌社的讀者群都偏向年輕人。太刀田老師，您也是雜誌社的主力作家了，應該不會不知道這一點吧？」

「你就老實說吧，評審換成誰了？」太刀田刻意把嗓門壓低。

「這個麼……因為主編為了迎合主流讀者的人氣，評審會就換成當今推理小說界的專家，有島田先生、有棲川先生、刀城先生……」

「直接說吧，他們的意見。」

太刀田打斷柄刀編輯的話，柄刀編輯又皺起了眉頭，憋了半天才說：「島田先生的意見是您的作品沒有豐富的想像力、二階堂先生的意見是文章雖然有出現密室推理，但總的來說篇幅太短，畢竟……您知道，現在『磚頭書』也是一種流行的方式嘛……而且還有很豐富的噱頭。」

太刀田差點把好不容易剛入嘴的紅茶吐出來。

「喂！你請這種評審沒問題吧？什麼叫篇幅不長？我知道那傢伙都是寫上千頁的小說，憑什麼把他的癖好強加於我！」

「您先冷靜一下嘛。」柄刀編輯似乎又露出無可奈何的表情，「刀城先生的看法是您的小說並沒有融入怪談的成分，現在的讀者都喜歡懸疑性強的小說……」

「硬漢派的作品怎麼能加入這種諂媚的東西！」

「有棲川先生的意見是您的作品並沒有邏輯推理強的章節，您的小說裡不是一直出現酒吧的場景麼？他的建議你把它改成那種……呃……『孤島＋館』的模式如何？」

「瞎扯！那傢伙自己沒有描寫人物的文筆就只好湊些莫名其妙的平面圖來湊數，早就看他不順眼了！」太刀田終於忍不住，站起身粗暴地揪住柄刀編輯的領口，柄刀編輯雙腳懸空，從側面看整個人剛好被斜拉了四十五度，「你這傢伙，一定要給我一個能讓我接受的說法！」

2、柄刀二

「這樣吧，畢竟老師您也是老牌作家了。所以，雖然這次得到大獎比較困難些，但我們還是專門為您策劃出版系列的單行本。您意下如何？」

「哦？」那個老不死的傢伙臉上的皺紋終於鬆弛下來了。

「我的目的就是要告訴您，您的單行本我們已經製作的差不多啦。」

和這傢伙說話真的會折壽的。我又沒欠他幾百萬，憑什麼要被他像催債一樣對待呢。相比其他坐在外邊的同事，他們負責的都是當紅的推理小說家，脾氣也好，出稿速度也快，風格也貼近讀者的喜好。而眼前這位太刀田，他的小說既沒有複雜的詭計，又沒有感人的場景，一天到晚都是什麼酒鬼偵探、酒吧、街頭混戰，根本沒幾個讀者喜歡他的作品……每次審這傢伙的稿件我都會犯睏。有段時間，記得是我剛進編輯部的時候，犯了失眠症，小Q編輯就把這傢伙的稿件塞給我，信心滿滿地說一定能治好我的病。果然，看了他的稿件後，我的失眠症立馬不治而癒，連一直為我擔心的妻子都淚眼汪汪地把這傢伙當作大恩人對待。但是小Q反而以恩公的身分把太刀田的稿件塞給我，還說既然我這麼喜歡就交給我負責。於是，讓人生不如死的經歷就開始了……

更叫人頭痛的是，太刀田的寫稿速度偏偏又非常快，通常一篇稿件還沒審完，下一篇就完成了，還不好挑他的毛病，加上這個人脾氣又十分暴躁，一直認為他的作品是別人無法挑剌的，真叫人為難。不過，他也一把年紀了，想必不會再寫出什麼作品了吧……這次就當是他的最後一部作品對待……

「原來如此，既然這樣，您看……我是不是還得寫前言、後記什麼的？最好還出幾部姐妹篇？」

剛入口的喉糖差點卡在喉嚨裡，我咳了咳，違心地配合他裝出笑臉：「要是您肯這麼做，就再好不過啦！」

「哦？真的嗎？看來貴社還是慧眼識人的。」他滿意點點頭。

也罷，畢竟這老傢伙應該也寫不出什麼作品了。早上剛有讀者打電話要求我們刪除太刀田的專版，但主編看在他是我們雜誌社最早期寫手的分上婉拒了這個提案。他認為，只要出版太刀田的單行本，收錄那些還未刊登在雜誌上的作品，就會為雜誌的版面騰出空間。

「我們計畫在這個月出版您未發表過的小說，不論是長篇短篇都收錄在內，一共有三本。」

「天啊，真是太讓我感動了。」

這傢伙也該知趣了吧。

「那麼來個平裝、精裝和典藏版如何？」

「別開玩……哦，不，我會和主編建議的。」

「那就萬事拜託了。」

3、太刀田囧

算上版權費的話，這次應該能賺個幾百萬才對。哦，不，說不定還會有二次印刷什麼的……如果開簽售會的話，也算是死而無憾了吧。

在柄刀那傢伙告訴我出版單行本的消息後，我的確是樂不可支，但回過頭來冷靜地想一想，他們為了雜誌的銷量考量也別無選擇，畢竟現在國內雜誌的銷量都在下滑，只有更加優中選優才能打敗競爭對手。如果他們早些意識到這一點，出版我的單行本，現在搞不好早就成了業界的領頭羊了吧。之前的小Q編輯就是不懂行業常識的門外漢，對我的作品不聞不問，像柄刀這樣的年輕人實在是太難得啦，既有慧眼又熱心，早該讓這傢伙當我的編輯了。

兩週後，我如期收到雜誌社寄來的樣書。

「哇，上面有你的照片誒！」

「爺爺好酷哦！」

「居然一下出了三本！簡直是天才！」

面對著女兒、孫子們的讚許，我儘量保持淡定自若的表情，嚴肅地說道：「現在的小說界，亂七八糟的書實在太多了。要是主編有我一半的見識，早在十年前就該出版了。」

「太厲害了！稿費可以拿到多少？」

「書店應該會有宣傳海報吧！」

「不不，搞不好會貼在店門口！」

他們你一言我一語地說個不停。

對對，一定會貼在最醒目的地方。我仔細撫摸著那三本書，對它們愛不釋手，就像我的寶貝一樣，不，應該會成為太刀田家的傳家寶吧。柄刀編輯果然精明，在封面印刷上給我的照片添上了ＵＶ工藝*，用最大的字型大小印出我的名字，還給這幾個字燙金呢，真是完美。

二

1、《Mystery 春秋》編輯部

「你在搞什麼！」森下主編把書重重摔在辦公桌上，「明知道賣不出去還印這

* 即現在流行的封面覆膜工藝，以提升書的質感。

麼多！」
「實在很抱歉！」柄刀二遲遲不敢抬起低垂的腦袋。
「這種書怎麼可能賣得出去？嗯？印兩百套已經嫌多了，居然還給印刷廠下了八千套的訂單，你怎麼想的？」
「可是……」柄刀編輯用模糊不清的聲音向主編解釋。
森下的訓斥連坐在主編室外的編輯都能清楚地聽見。
「為了安撫那個老傢伙居然連半年雜誌的收入都賠上了，你要想辦法把這些佔位置的東西賣掉！」
「畢竟……太刀田他是我們雜誌初期的主力作家啊，就算賣點人情吧……」
「混帳東西！要賣人情也是我做主，哪輪到你來自作主張？」主編拼命地捶著桌子，朝柄刀怒吼，「他的作品在十幾年前還有人看。但是現在，你自己瞧瞧，多少讀者回饋取消他的版面！」
「實在很抱歉，我會跟他談談的。」
「別想敷衍過去，用你的腳趾頭想想也知道這次的虧損有多大。要是雜誌社就這麼倒閉，到時候你也沒有好果子吃！」
「我一定會想辦法處理掉那些書的。」

「這就好！」森下停頓了幾秒鐘，「哇」的驚呼了一聲，「天啊，你到底怎麼想的？這樣一本沒人買的書還用上ＵＶ和燙金工藝！」

「他本來還要求出三個不同的版本呢……」柄刀二委屈地說道。

「他叫你出你就出？你以為我們是他家開的印刷廠麼？你有沒想過，如果以後出版其他作家的單行本，他們肯定會要求至少採用和這本書一樣的工藝，你要怎麼控制這麼昂貴的成本？好好想想吧，你這個豬腦袋！」

2、柄刀二

可惡！都是那傢伙害的！

要是這次被森下主編炒魷魚，肯定找他算帳！

「那個……柄刀編輯……這些書要怎麼處理？」

我回過頭一看，原來是上個月剛來的實習生折原。他還是大二的學生，聽他本人說是因為酷愛推理小說才托關係早進入編輯部工作的。目前他的任務就是我的助理，簡單來說就是給我打雜的。

剛好，趁現在把那老傢伙的稿件交給他。

「先不用管了。這樣吧，我把我們主打作家的稿件交給你審閱，你覺得怎樣？」

對！就以磨練新人為藉口。

「真、真是太感謝了！」果然，他一臉喜極而泣的表情，有個新人當助手就是方便，「是哪位大師的作品呢？」

「就是這部書的作者啊，太刀田老師。」

年輕人開心的表情立刻變成一副愁眉苦臉的樣子。

「怎麼？不情願嗎？」

「不……謝謝編輯。」他微微點頭，拉出椅子開始一張張審閱起來。

「新人原本要從新作者的審稿開始的，而我為了發掘你的潛力，特地破例讓你審閱主打作家的稿件。」

「是！」

「今後的道路更加艱難，你所要審閱的不會永遠是這麼高水準的稿件，而是各種各樣的新人稿，有的甚至連一句通順的句子都沒有！」

「是！」

「所以，我認為你要先從這些老作家的稿件開始審閱，才會知道今後新人稿存在哪些不足，當個編輯有多不容易。」

「是！」

「因此，我把太刀田老師新寫好的作品都交給你，你先審過一遍再拿給我看吧。」

「這……」

哈哈，這理由真不錯。總算不用將自己的寶貴時間浪費在這些無聊的作品上了。

這時，我的手機響了起來。

3、太刀田冏

「哎呀，柄刀老弟，好久沒聯繫啦！」

女兒從房間裡遞來移動電話，撥通柄刀編輯的手機號碼後，將它遞到我耳邊。

「哦，是太刀田老師啊。」對方有氣無力地回答。

「怎麼？身體不舒服嗎？」

「倒也不是……」

「你要好好保重身體啊，現在的年輕人就是工作太忙碌沒有照顧好自己。雖然有我在，你的工作會稍微輕鬆點，但也得多加小心吶。」

「還真是多虧您的照顧啊……」

「對了，我想問的是……我的書賣得怎樣？什麼時候可以二次印刷呢？關於二次印刷，通過我從女兒和孫子那瞭解到的資訊，想在幾個方面做一些調整……」

「呵呵，我想目前還沒有那個必要。」

「怎麼啦？賣得不好嗎？」

「相當不好。」對方用嗔怪的語氣說道。

「賣了不到一千本嗎？」

「才賣出三本！」

三本？

也就是說，除了我的家人外沒有其他人購買？

突然感到一陣頭暈目眩。

「不會吧……」

「就是這樣，你的書在我們編輯部都快堆積成山了，書局都紛紛退還呢……」

「……」

「喂？你在聽麼？」

「……嗯。」

「我有一個好主意，如果你想提高銷量的話……」

「哦？是什麼好主意？」

「有很多作家都是在**死後**才出名的，所以你知道該怎麼做嗎？」

「難道你要我自殺？」我「噔」一下跳了起來。

「不然我實在想不出其他辦法。拜託了！太刀田老師，您就成全我們吧，您死後我們一定幫您做好宣傳工作，不僅我們編輯部虧損能夠贏回，您還能為自己奪回榮譽，這是雙贏啊！」

「這……」

「算我求您了！如果您的書還是賣不出去，我們編輯部的所有編輯都會丟了飯碗啊！」

「我會考慮的。」

「考慮？拜託了，您還猶豫什麼？您的自殺對我們都有利不是嗎？吃安眠藥、吞煤氣管、喝農藥，不管什麼方式都行，萬事拜託了！」

「好吧，我答應你。不過你們得推出一期『追憶號』。」

「沒問題。」對方的聲音聽起來正喜極而泣，「您可一定要死啊，如果您沒死，我們的『追憶號』策劃案就白搭啦，這是挽回已經流失的那些粉絲們的唯一辦法。」

我掛斷電話，仔細思忖一番。

如果我不在了，家屬們都會照顧好自己，這點我不必擔憂。而且我的推理小說一定會得到更廣泛的宣傳，說不定還會出版「追悼號」，小說銷售一空呢！我也是一隻腳踏進棺材的人了，如果能在死後獲得名譽也值得！

不！這麼辦我可不放心……

萬一在我死後，雜誌社沒為我宣傳該怎麼辦……

對，我可以先寫好遺書，隱居到只有女兒才知道的地方，然後他們宣布我失蹤的消息，等小說大賣時再吞煤氣管也不遲！

三

1、太刀田囧的隱居住所

三個月後……

小說依舊一本也沒賣出去，即使出版社宣傳得再天花亂墜，還是沒有讀者肯買下，哪怕一本也好……

《Mystery 春秋》雜誌社在這之後依照太刀田囧的遺囑要求，增加了他的懷舊專版，柄刀編輯天天打電話向太刀田的女兒抱怨雜誌銷量一路下滑。

「不行，我得親耳聽到女兒傳來小說大賣的消息才能安息！」太刀田自言自語地說道。

這時候，門慢慢被推開，發出「咯吱」的刺耳聲音。

「優子，我的書賣的怎樣了？」

優子是太刀田女兒的名字。

「……」

「不對，你不是優子！你到底是誰？」

「我是■■■，來這的目的就是助老師一臂之力的，呵呵呵。」

「難道……你要……」

繩子無情地勒住他的脖頸……

「這不公平！我根本沒見過你！而且文章裡也沒提到我們有見過面！這在推理小說裡是欺騙讀者的禁忌啊！」

只需要幾秒鐘，他就像煮熟的蝦一樣一動不動，僵硬的手竟筆直地伸向我……

2、柄刀一

「這算什麼小說？」我看完後咂咂嘴，「這樣的作品放在單行本的番外篇怎麼行！」

「還有，應該每一章的第一節都是第三人稱描述啊，怎麼到最後又冒出一個

『我』？」小Q編輯也點點頭附和道。

「真是莫名其妙。」

「■■■是誰啊？」

「據我所知，太刀田老師應該是很固執地遵守章節規律的人啊，小說裡解釋不清的地方太多了，而且用來修飾的形容詞以及動詞都不是他往常的風格……」

「難道殺人兇手只在最後出現麼？」

「照太刀田老師一貫的寫法來說。兇手和死者肯定有過接觸，而且必定是文中出現的人物才對，但……這次的作品怎麼看都……」

3、太刀田囧

這次小說的追憶版追印了書腰部分：

同時收錄《再見！酒鬼》等五篇代表作！另附番外篇《推理小說家的絕境》！

盲人推理小說家太刀田囧追悼號驚豔上市！

事實上，每章節的第一部分，即以**地點為標題**的部分是以實習編輯折原為視角進行描寫的。例如在編輯和太刀田對話時，經常出現柄刀二編輯側面的描寫以及用「似乎」這種辭彙來描寫編輯表情之類的句子。因為折原是柄刀編輯的助手，和他們一起進入洽談室，當時坐在柄刀編輯的左邊。因為沒機會插嘴，所以坐在對面的盲人推理小說家太刀田囧並沒有發覺此人的存在。另外，如果將太刀田囧是盲人這點帶入文中，應該能體會到不少曖昧描寫的樂趣吧。

總之，當您讀到這部作品時我已經不在人世了，如果您能從中感受到些微樂趣，那麼，我邁入另一個世界的腳步也必定是歡快愉悅的吧。

（摘自《Mystery春秋》特刊：《太刀田囧追憶號》）

PART 3
靈感枯竭

V 推理小說家的窮舉

「如今的讀者已經不再滿足偵探給的解答了，因為他們會比偵探還早解開謎底。」

萬聖節這天，太刀田冏正準備為新作遇到瓶頸發愁時，柄刀主編摁響了他家的門鈴，甫一坐定就突發如此感慨，「我知道，太刀田老師已經竭盡全力了……目前正處於『精神上超忙』的狀態還來打攪您真是萬分抱歉。」

「哪裡、哪裡。」太刀田注意到柄刀夾在腋下的檔案袋，「請問主編大人有什麼指教嗎？」

「那我就開門見山咯，我來這是給你提供靈感的！」

「太好了！我正愁著呢！」

「別高興太早，這次是『命題作文』。」

「命題作文？」

「對。」柄刀主編用試探的口氣問道，「老師您似乎很少創作SF（科學幻想）

推理小說呀。」

「啊……確實不太擅長，科幻推理類型總覺得離當下生活很遠。」

「果然如此。」

見主編興致寥寥，太刀田面露緊張之色，趕忙應道：「不過我可以嘗試！」

「有老師這句話我就放心了。事實上，社裡的編輯通過問卷調查發現，目前年輕一代的讀者還是喜歡看『超設定』流派的推理故事。打個比方，一宗密室殺人案件發生在現代一定會被讀者吐槽可行性太低，畢竟真正成功的密室殺人幾乎鳳毛麟角。不過，如果故事發生在遙遠的未來，人類擁有上天入地的超能力，或是建築物本身具有某些特殊的構造，反而催發了密室殺人案的實現。」柄刀主編做了這樣的解釋後頓了頓，「我這麼說似乎抽象了點，不過為了完成這期『SF推理專刊』，請太刀田老師務必多費神。」

「是『超現實』設定嗎？」

「對，目前科技完全不可能實現的設定。」

「傷腦筋……現在的我正處於靈感枯竭的狀態，要完成從未涉足的領域還真有些強人所難。」

「請老師務必嘗試，並且儘快完成。」柄刀主編將檔案袋拆開，一摞資料就這樣在太刀田面前鋪陳開來，「這些是我為老師準備的幾個創作方向。」

「哎呀，不愧是柄刀主編，我一定仔細拜讀！」

「哪裡哪裡，都是為了更好地開展工作。還有一點，不知是好消息還是壞消息，社裡的主管們幾番商議後決定從這期雜誌開始增設『讀者回訪表』之『Who Done It』欄目。」

「『Who Done It』……猜誰是兇手嗎？」

「是的，還特別交代被最多讀者猜中兇手的作者，會影響今後發表作品的優先順序別和稿酬係數……」

「推理作家真是越來越不好當了呢。」這是太刀田發自內心的感慨，「是要我窮舉各種可能性，還不能被讀者一眼識破，解答篇告訴他們一個誰都沒想到的答案嗎？」

「對，太對了！我們就需要這樣的作品！出版時書腰就可以增加類似『讀者猜中率 0.0001% 之傑作』這樣的宣傳語啦。」

「窮舉各種可能性啊……」太刀田忽然「嗖」地一下站起身，「有了！」

「這麼快就有靈感啦？那我也不便打擾，在編輯部靜候佳音咯。」

「主編放心，這次的作品一定不會讓您失望。」

「請老師務必盡力，我等您的好消息。」

《重生・殺人事件》

文／太刀田囧

一

周圍並排著不可思議的器具、材料、器械。好像都是醫療方面的器具。

無數大大小小各式各樣的玻璃瓶、像魔術瓶般的金屬容器、從天花板沿螺旋弧度垂落的各種電極線和鐵絲、橡皮管、像太陽般耀眼的手術用照明設備、雜亂散置於桌上的培養皿、鑷子、剪刀、被滲透光照過的X光照片、注射器和顯微鏡等物品。

室內漂浮著濃重的氣味……

這是福馬林……還有，那些令人作嘔的東西……肚子被扯破的軟體動物……

還有，像人腦一樣的灰色物體，帶著許多褶皺，大小有著略微差別。在它們旁邊，橘紅色的肉片上浮著血管，纏繞著肉、脂肪和神經器官……都被摘了出來。

屍體……

說道。

無數的屍體……

「你不想知道你是怎麼死的麼？」調試著藥劑的黑影轉過身來用低沉的嗓音

對了，我應該早就死了才對，怎麼會……

「呵呵，我都忘了，你現在還不能說話。」男人的臉慢慢湊近，我才發現自己正被封在巨大的玻璃容器中，浸泡著我的就是福馬林液體，「我就長話短說吧。事實上，我是T市的法醫，T市你還有印象吧？」

那當然，是我所居住的地方啊！

我重重地點了點頭。

「很好，看來記憶體並沒有損壞。」男人滿意地頷首，「其實，我和一些國際上研究這個專案的精英們暗地裡正在實施著一個偉大的計畫，就是讓死者復活！我想你應該記得自己是怎麼死去的吧？」

死去……

我的頭腦裡又迴蕩著那個場景……

橫貫在脖子上的弩箭，還有對面那個……

帶著能面面具的人影。

它嗤笑的模樣我至今都還記得，真令人作嘔。就在我的喉嚨即將被弩箭搗爛到毫無知覺時，我仍舊對殺了我的傢伙臉上戴著的面具感到噁心。噁心的面具，這就是我死前最後的記憶。

我怎麼會被這種人殺死？我為什麼會被殺死？我記得那時候自己還不想死，還有很多想做的事沒有做完，抓著刺穿喉嚨的弩箭的手沾滿了鮮血，眼睛難以置信地盯著那把弩箭……

「看你這表情應該全都記起來了？真是可憐，自己被誰殺死的都不知道……」男人砸了咂嘴，繼續說，「不過，我很高興地告訴你，你現在有一次重生的機會，重新回到那個世界去。」

重生的機會……

「你想把握機會逃脫生與死的束縛回到原來的世界揪出那個兇手嗎？」男人鄭重地問，「你是我們研究的第九千號試驗品，也是極為罕有的成功試驗品之一。如果你答應了，便可以回到原來的世界找出殺害你的兇手，為自己復仇。」

我再次重重地點頭，我必須手刃那個傢伙才能解心頭之恨！

「很好，那麼你可以被強制置入了。」

不知不覺，自己的身體已經掙脫出盛滿福馬林液體的玻璃罩，我可以無拘無束地走動了！我復活了！我全身冒出像油一般的汗珠，沒察覺自己正在歇斯底里地吼叫！

「呵呵，你現在可以說話了。」

血的氣味、殘虐的記憶、殺戮的衝動一起覺醒。

「你是我的救命恩人，請告訴我現在要如何手刃那個兇手？剛才說的『強制置入』又是什麼？」這是我說出的第一句話，發出的聲音沒有以前那般綿軟無力，反而還帶有一絲強烈的殺氣。

「所謂的強制置入，就是強制把你送到以前生存的世界，在那個世界裡，你的存在被其他人認為是理所當然的，也就是說你可以完美融入到原來的世界，並不會產生所謂的『拮抗』反應。在其他人的認知中，你並沒有死去。懂嗎？」

我輕輕地點點頭：「這麼說我現在可以馬上回到原來的世界，其他人都和以前一樣對待我？」

「就是這麼回事，但是有一個人例外……」

「什麼人？」

「就是兇手。在他的眼裡，他對你的死亡的認知已經根深蒂固，這點毫無疑問。他看到重生的你肯定會震驚萬分，也就是說，當他知道你還活在世上，肯定還會處心積慮地加害你、把你逼入死境，而你卻不知道他是誰，怎麼防著他。」

「就算被殺一萬次也無所謂！我都要知道自己是怎麼死的，被誰殺死的！拜託了！」我噗通一聲跪在地上。

「你誤會我的意思了。DNA鹼基序列中，連接了有史以來的生物性記憶元素，就像被編組進細胞當中的個人意識，就像只屬於你的密碼一樣，這種通過個人密碼通過一系列的複雜轉換和配對得到新生命體的手段過程十分艱難和複雜，一方面這種先進手段還在研究過程中，我們沒能完全地掌握，另一方面，尋找配對克隆的個體的可能性也是非常微小的，所以一個人經過我們的研究治療得到重生的機會本來就微乎其微，以現在的技術來說，一億個死亡個體，大約只有一個能夠幸運地存活並重生。而這種機會只允許有一次，也就是說，你這次回到原來的世界，如果被兇手再度殺害，你的基因資訊密碼便會完全不復存在，那就是真正的死亡，不可能復活了。」

雖然無法完全瞭解，但我知道這次重生的任務就是找出殺了我的兇手，而且任務只許成功不許失敗。

「好了，準備工作都已完畢，你可以像什麼事都沒發生過一樣回到以前的世界，也就是和我們平行的世界裡。你放心，除了殺了你的兇手之外，沒人會對你的存在產生懷疑，對他們來說，『你已經死亡』這個記憶已經被消除，而我們，只是國家祕密研究所的成員，與你的生活沒有一絲交集，永遠不會碰面的。」

「也就是說，我必須在那傢伙動手之前先行動？」

「沒錯。總而言之，除了兇手之外，你的存在並不會引起任何人的質疑，就像平常那樣過日子就行了。關於你的記憶……剛才我一直在試探，可能因為研究方面還存在著一些不足，你的記憶並不是那麼完整，但絕大部分的記憶你還是擁有的。只能說你擁有的記憶全部都是正確的，但你的記憶程度大概只保留90％左右。我要說的就是這些，不管是精神還是肉體方面你都大可不必擔心。現在，你可以回去過正常的生活了。瞭解了嗎？T市K中學高二七班的戶田黎人同學。」

二

記得，就在那天……

灌進屋子的冷風涼颼颼地吹打在皮膚上，我伸出略有麻痺的手臂把陽臺的門關好。一到晚上七點，我就有沖澡的習慣。就在我邁入浴室的那一剎那，喉嚨突然感到劇烈的疼痛，我慢慢伸出右手，一團黑乎乎的液體正往下快速滴落。

我還不想死！

正當我眼睛漸漸無法看清眼前的一切，身體將因無法支撐而倒下時，我聽到了……那一陣陣令人發毛的獰笑聲。還有，眼前那個帶著面具的傢伙。

呵，面具真令人噁心。

這竟是我臨死前想的最後一件事。

這應該是……能面面具吧……

漸漸地，身體就像潰堤般癱倒在地。

整個T市彌漫著深秋的寒意。

我做了個深呼吸，得到新生的身體和以前相比沒有任何不適，相反，它給予我一種莫名其妙的亢奮。

我輕輕推開教室的門，幾個同學朝我的方向略微瞟了一眼，然後又回過頭來繼續談論什麼有趣的事情。

我居然成為億分之一的成功者，這種興奮感就像中了特等獎的彩票一樣。

不，現在還不是高興的時候。

我的任務是找到殺害我的兇手！

我呆呆地坐在教室的座位上，望著講臺上的大塚老師又在嘰裡呱啦地念著天書。留著刺蝟頭的同桌小室正優哉遊哉地看著剛出版的漫畫，還不時發出誇張的笑聲，一切就如往常一般。

「喂，黎人。」後座的朱美詫異地問道，「你今天居然來上課呀？真是太陽從西邊出來了。」

我是個標準的窩裡蹲，自己在學校附近的破舊公寓租了一間一室一廳的房間。父母在我年少時就離異了，之後我跟隨父親一起度過了五年時間，但當我知道他偷偷瞞著我在外面另尋新歡時，我毅然決定離開他身邊，自己在外面過活。好在伯母知道我的情況後每個月定期給我一筆一定數目的生活費，雖然沒法過上以前那種少爺般的奢侈生活，但也不至於淪落到每天為了吃飯而費盡心機的地步，總之生活過的還算湊合，學費等開支也由伯母分擔。

即便如此，我還是選擇每天窩在自己的公寓裡，想盡一切辦法避免與外界有任何交集，當我在路上遇到同學時總會下意識地選擇避開，不過也有被他們主動搭訕的時候。到了那時，我只能低著頭混在談笑風生的同學周圍一言不發，只有被問及關於自己的問題時，才結結巴巴地回應。到了第二學期，我決定有選擇性地翹課，甚至還整理出一張「最簡化功課表」，只要按那張課程表的日程來上課，可以在減少60％課程的情況下順利畢業。因此，每當我來學校上課總能造成不小的轟動。雖然被不少人稱作自作聰明，但我對這樣的生活樂在其中。

「嗯……朱美，你不覺得我的存在很奇怪嗎？」我試探性地問道。

「你是說翹課的事嗎？」她歪著腦袋回答，「你已經連續三個學期保持40％左右的出勤率啦，早就見怪不怪。」

宮本朱美是我們班的班長。本來我一直無法拿捏「纖弱」、「清純」等辭彙的具體形象為何，但見到她的時候我發覺，這些辭彙完全可以用來形容這個女生。她黑髮披肩，在女生當中算蠻高的，但是她那薄唇和細膩的氣質讓我很想用「女學生」這種古典頭銜來稱呼。

看來，那個男人說的沒錯，我的確是被完美置入到原來的世界裡了，大家對我的存在都感到理所當然。

對了！

那個男人的確說過，只有殺害我的兇手才知道我已經死亡的事實！

我平時總是儘量避免與外界產生任何交集，窩在自己的房間內，怎麼可能會遭人憎恨呢？若說兇手是我認識的人，那麼，除了自己的親戚外，就只有這個班級裡的同學了。

難道……

不可能，除了我周圍的幾個同學外，其他人我連名字都幾乎不曉得呢，即使是我熟悉的同學，說話的次數也不超過二十次，而且不管他們怎麼跟我開玩笑，我的回答總是拒人千里之外的類型，怎麼可能會遭人憎恨呢？

不對。

有一件事也許會遭到其他同學的嫉恨。在一年前，也就是我還在讀高一的時候，因為出勤率的關係，我和小野老師大吵一架。小野智明可是在學生中出了名的人氣教師，據我所知，沒有一個同學討厭他，加上年輕的他相貌出眾，不少女同學還暗地裡給他寫情書呢。就在那天，不管他如何出言刁難我，我總是閉口不言，把他的話當成耳旁風，氣急敗壞的他竟拿起教鞭狠狠朝我的小腿抽了一下，這一幕正好被前來巡視的教務主任發現，小野老師因為這個原因被調離到其他學校去。

或許不少女生恨不得殺了我吧。

思來想去，自己被憎恨的原因似乎就只有這個了，但真的有人會因為這個痛下殺手麼？若果真如此，只能怪自己流年不利吧。

「對了，你可要小心點哦。」朱美是班裡最愛管閒事的女生，她趴在我耳邊促狹地說道，「泉純也你認識嗎？」

「唔……就是那個個子高高的男生吧？」

「沒錯，他昨天在家裡被人殺害了。根據警方的調查，兇手行兇時還戴著能面面具。」

能面……面具……

一股涼颼颼的寒意籠罩全身。

「妳說什麼？」我發出的叫聲驚動了講臺上的老師，他用充滿鄙夷的目光看了我一眼之後，又清了清嗓子，繼續講課了。

「喂，你反應別那麼大好嗎？雖然他和你住同一棟公寓……」

「他也住小森公寓？」

「對呀，不過也難怪你會不知道，畢竟你可是出了名的家裡蹲嘛。」

我並不討厭別人這麼稱呼我。

目前的情況是除了我之外的同班同學也被那帶面具的傢伙殺害，我感到一股莫名的興奮與恐懼：「他是怎麼死的？」

「報紙和新聞上都大肆報導呢。不過報導的內容都是千篇一律，目前只知道他是被弩箭殺死的，還說弩箭威力很強，直接射穿他的喉嚨。」

這時，朱美旁邊的同桌能條麻美子也跟著湊熱鬧，她與活潑的朱美不同，不管做任何事都給人一種猶豫不決的感覺。她捂著嘴說：「聽說喉嚨都被射爛呢，真噁心。眼睜睜地看著弩箭朝自己射來，那種感覺太可怕了！」

「警方是怎麼知道兇手戴著個面具的？」
「好像是公寓的住戶目擊到的，有個戴著奇怪面具的傢伙上了電梯，還以為是要搞惡作劇呢。」
「原來如此，他還真是大膽，光天化日之下戴著面具行兇。」
我暗自想到，如果加上被害的我之外，就是連續殺人事件咯？可是，自己死去的事實又不為人知……

三

下課後，我立刻飛奔到圖書館，搜索出我死亡當天和後一天的報紙。不出所料，兩期報紙的頭版頭條都有一大片空白，這裡原本應該都是關於我被害的報導吧。再翻開今早的報紙，上面寫道：

昨日二十一時左右，K中學的學生泉純也在自己所住的公寓慘遭殺害，死因是被弩箭射殺，被害者的喉嚨被箭射穿，兇手手段極為殘暴。據被害者周邊居民表示，曾在行凶時間前目擊到一個戴著能面面具的可疑人士，由此推斷，此人極有可能是殺害泉純也的兇手，詳情警方正展開進一步調查。

果然，兇手就是那個戴著能面面具的傢伙。

我被殺害的日期是五月二十日，我得到重生的日期是今天，也就是五月二十二日。可見兇手是連續兩天犯下殺人事件，至於泉純也，我對他並不瞭解，從朱美口中知道他生前居住在小森公寓的三樓，也就是我家樓下，為何兇手偏偏挑選我們成為他的祭品呢？我們兩人和兇手之間又有什麼深仇大恨？現在得出的結論只有，我和泉的共通點：第一，我們都是K中學的同班同學；第二，我們都是小森公寓的住戶。

「嘿，你在幹什麼呀？」聲音突然從我身後傳出，我心裡一驚，轉過頭一看，原來是朱美和麻美子。

「沒、沒什麼……」

「胡說，你是來看關於泉被害的報導吧？」朱美有些得意地翻著我剛才閱讀過的報紙，「真意外，避免與外人交際的傢伙居然會跑來這關心同學被害的新聞？」

「別說這個了……妳又為什麼來這裡？」我反問。

「是麻美子吵著要來的，她說她對泉的死也感到十分好奇。」

麻美子略帶羞澀地看了我一眼，「戶田同學呢？也是一樣的目的嗎？」

「嗯，畢竟是和我住同個公寓的同班同學啊……」

在這個學校裡，能和我說上十句話以上的除了我的同桌小室鷹人外，就只有眼前的這兩位了。說實話，我對不讓人感到拘束感的交際其實並沒有太大意見，但自己總是本能地回避。

「那麼，有啥新發現沒？」朱美問。

我搖了搖頭：「正如妳所說，報紙上的報導都是千篇一律……除了知道是他殺之外……」

「不過，據說調查發現一些可疑之處哦。」

「可疑之處……是指？」

「就是門鎖的問題。」朱美說道，「剛才的新聞中警方又透露出一個發現。凶案現場的門並沒有上鎖，也沒有明顯的打鬥跡象。也就是說……」

兇手很有可能是泉認識的人……

晚上，我在公寓周圍的小吃店隨便吃了點，回到公寓，就看到警方正在詢問公寓的住戶。其中一個應該是警部，身材高大，皮膚黝黑，相貌十分威嚴，給人很強的壓迫感，另一個在他旁邊刷刷地做著記錄的年輕男子應該是他的助手。他們看到我之後，稍稍瞥了一眼，還在嘀咕著什麼。那個警部的犀利目光直到我消失在他們的視野前仍然在注視著我。

回到家中，不知是不是錯覺，屋內空氣陰森凝重，還飄蕩著一股東西腐爛後的臭氣。雖是鋪有木地板的寬敞客廳、獨立廚房，還有一間六張榻榻米大小的房間，但胡亂堆放的生活用品和紙屑，與其說是淩亂，倒不如用「荒廢」來形容更為貼切。

我環視四周，自己被殺害時的血跡，還有沾滿鮮血的襯衣都不復存在，果然，在這個世界裡，「我的死亡」這件事完全被否定了。

為什麼兇手殺了我之後，會在隔天繼續尋找新的獵物呢？

剛才那兩個應該是警方人士吧……他們遲早會找上門來的……

果然，二十分鐘過後，門鈴響了。

「您好，我是搜查一課的島田警部，他是我的助手小嶼。」身材高大的男人果然是警部，「針對昨天晚上發生的案子，我們想詳細地請教你一下，能借一步說話麼？」

我鬆開鏈條鎖，打開大門請他們進來。當他們兩人看到房內胡亂擺放的生活用品和陰暗的環境時，都輕輕地搖了搖頭。

「戶田同學，聽說你幾乎每天都窩在家裡不去學校麼？」看來他們對我的底細已經十分瞭解。

我輕輕地點點頭。

「哇，牆壁都這麼髒，我還以為是本身就是黑色的呢。」島田警部帶著手套誇張地說道。

關你什麼事……

「平常都是這副不清不楚的樣子嗎？」

「照一般人的說法，應該是頹廢吧。」我回答道。

「哈哈，真有趣。」島田警部絲毫沒有要離開的意思，反而在小小的房間裡若無其事地來回走動，他摸了摸浴室的鏡子，問道，「連這裡都這麼髒，你已經邋遢到連出門都不照鏡子嗎？」

「我不喜歡做這些事。即使打理好了，一出門還是會恢復原樣。」

「原來如此。」他像是被房間的灰塵嗆到般故意咳了一聲，「看來就像你們老師說的，你已經是無藥可救的窩裡蹲了。」

「那個……如果沒有什麼重要的事……」

「看來你還是喜歡開門見山啊。那好，死去的泉純也是你的同班同學，對吧？」

「不過我們從來就沒說過話。」

「也難怪，聽你們同學說你在學校的時間本來就少，更與同班同學保持著一定的距離，我說的沒錯吧？」

「嗯。」

「從這方面看，你是沒有作案動機的。因為，你和被害人之間並沒有什麼矛盾，甚至連正常的溝通都沒有，可以說是完完全全的陌生人。」島田警部撓撓頭，問道，「順便問一句，昨天晚上九點，你在哪裡，做什麼事呢？」

「在家裡念書。」我撒了一個謊，畢竟昨晚我就已經被殺害了，總不可能如實跟他這麼說吧。

「有人能夠為你作證嗎？比如說你的父母之類的？」

「不好意思，我的父母都不在身邊，沒人能幫我作證。」

「是麼……」警部摸著留著短鬚的下巴，「不過也在情理之中，一個單獨在外居住的學生，到了晚上九點，想有什麼不在場證明也很困難……」

「對了，警部。」我試探性地問道，「五月二十日，也就是前天，有發生過什麼事嗎？」

警部愣了一下，回答：「什麼事，是指？」

「沒什麼啦……隨便問問的。」

「哦，那天沒發生什麼特別的事。」

四

1

「拜託。請告訴我更詳細的內容吧。」我轉念一想，與其通過自己的調查來找到兇手，還不如從警方那裡套到更多資訊。就在島田警部他們剛坐上警車之時，我飛奔過去，低著頭向他們懇求道，「我也很想揪出殺害泉的兇手，請告訴我更具體的內容吧，哪怕一點點也好。」

「我瞭解你的心情，可是你也應該知道，警方調查的內容是不允許……」

「這個我知道。但畢竟泉是和我住同一個公寓的，我擔心自己也被……」我裝出一副極度害怕的表情，「求你了，至少告訴我你們的調查目標鎖定了嗎？」

島田警部歎了口氣，無可奈何地點起一支煙，吞雲吐霧一番後說道：「好吧。我答應告訴你一點。我們目前的調查對象集中在泉的同學，也就是你們班的學生的不在場證明。據我們瞭解，泉這個人平常學習非常刻苦，成績優秀，因此似乎遭到不少競爭對手的嫉妒。因為他個性較為軟弱，所以有些同學平常在學校喜歡捉弄他，比如拿死青蛙放到他的抽屜之類的……所以，我們在想，說不定就是因為現在的學生學習壓力太大，成績優異的泉會引發其他同學的嫉妒。」

「如果是這個原因，或許我就不用擔心了。」我的臉上寫滿了失望，在心裡暗自嘀咕，如果真的是這個原因，我為何還會成為被害的對象呢？

「我們也正在調查階段，兇手殺害泉的手法極其殘忍，我們都不方便把具體內容透露給媒體。兇手是特意瞄準被害人的喉嚨射去，力道極強，直插他的喉嚨。或許應該這麼跟你說，那把箭迎面襲來，直接貫穿他的喉嚨。」他做出被箭射中時的誇張動作。

我心裡咯噔一下，彷彿又回憶起自己死前最後一刻……

弩箭……喉嚨……能面面具……

「你怎麼了？臉色不太好啊。」警部看著我問。

「不，沒什麼。」

「別太害怕了。照這個情況看來，兇手的動機應該是仇殺之類的，不會和你有什麼牽扯，大可放心。如果你那有什麼情況記得告訴我啊。這是我的手機號碼，有情況隨時跟我說聲就行了。」

說罷，島田警部朝我揮了揮手，警車漸漸消失在我的視野中。

2

「總覺得這傢伙怪怪的。」島田警部的助手小嶼嘀咕道，「他為何這麼擔心自己被殺害？」

「難道你想說他有被害者妄想症不成？」

「哈哈，現在的窩裡蹲或多或少都有這種傾向吧。」

「不過，他確實有點奇怪。」

「島田警部也發現了什麼？」

「嗯。」島田低沉著嗓音回答，「首先，他問我們五月二十日有沒發生什麼案件，你覺得他為什麼這麼問？」

「就是啊，明明沒有什麼特別的案件……」

「或者他本人知道什麼，又不方便和我們說？」

「你認為他隱瞞什麼事實？」

島田點點頭，繼續說道：「另外，當我和他談起調查進展的時候，一開始他滿懷希望地全神貫注地聽我說，但到後來，具體來說也就是在我推測作案動機的時候開始，他眼神中流露出失望的神色，這也讓我覺得很好奇。」

「難道，他並不認可這個動機？」

「或許是吧，可他為什麼那麼擔心自己會被害呢？」
「跟你說過啦，這是被害妄想症啊。」
「倒不如說……他一開始就知道自己會變成兇手的目標……」

五

絕對不是這個原因。

我一邊看著關於泉事件的電視報導，一邊暗自思忖。

算上我自己，那個戴面具的傢伙已經殺了兩個人了，可以說是一起連續殺人事件，可惜的是除了自己和兇手外，其他人並不知情，即使對外人說了也沒人信。

「警方或許該將調查對象轉移到隨機犯……」專題報導節目中，梳著大油頭的犯罪學專家正在自以為是地對警方的調查指指點點。

荒唐，如果真的是隨機犯，為何連續兩次在這棟公寓行兇作案？而且被害者還都是同一個班級的學生，未免太巧合了吧。

兇手一定就在學校裡。

但是……

一般來說，看到殺害自己的仇人，都會有所感應吧。面對殺害自己的兇手，應該都會下意識地有種危機感，本能的逃避或是憎恨。不可能一點察覺都沒有才對……

弩箭……面具男……

我的記憶只停留在自己被殺前的那一幕，對於之前發生的事，勉強有點模糊的印象，但要將它清晰化卻非常困難。只是非常肯定，當時是突然被人射穿喉嚨的。

對了……

兇手是怎麼進入我的房間？

我為什麼會毫無抵抗地讓一個戴面具的傢伙進來？

之前發生的事我真的毫無印象，也許真的如那個男子所說，記憶細胞在重生的過程中發生或多或少的損壞吧……

但是，我究竟為什麼會放那個傢伙進來？而且還是毫不猶豫的……

難道……

兇手是我熟悉的人？

扣除幾百年不見的親戚外，就只剩同班的同學啊！

而且，我平時都不和他們交流的，熟悉的人也只有同桌小室鷹人、身後的宮本朱美以及她的同桌能條麻美子而已了。至於其他人，我幾乎一句話都沒跟他們說過，如果突然造訪，想必也不會輕易地邀請對方進來才對。

我的腦海中浮現出這樣一幕場景：面容模糊的兇手按響門鈴，我面帶微笑地解開鏈條鎖……

那個傢伙到底是……

不管我如何努力回想，對方總是像在同自己捉迷藏般，反而變得更加模糊，連是男是女都看不清楚。

但是……有一點很奇怪。

照理說，如果兇手是那三個人之一，而我又看到謀殺自己的人，那麼即使我不會對他產生任何反應，兇手也肯定會立馬識破我是重生的生命，也就是說，自己恢復新生的事已經被那個人識破了才對啊。為何到現在都沒對我下手呢？

這到底是怎麼回事……

六

第二天，即五月二十三日。我的同桌，小室鷹人被殺害了。

「到底怎麼回事？你們不是在調查嗎？」我朝電話那頭吼道。

「你先冷靜冷靜。」島田警部平靜地說，「已經連續有人遇害，還是同一個班裡的學生，我們也在積極調查。」

「積極調查？如果這樣，你們早就抓到兇手了不是嗎？更何況小室他也是被弩箭射穿的……兇手擺明就是同一個人！」

「別激動，戶田同學。照我們的看法，兇手應該就在你們班級裡。今天早上你沒去學校吧？你們學校已經正式宣布停課，我們將對你們班同學這幾天的行蹤做個詳細的詢問。」

「犯案時間都是固定的嗎？」

「對，都是晚上九點左右，行兇時間相當固定。」

「小室是在他自己的公寓遇害的？」

「嗯。如果要說他和泉有什麼共通點，除了同是K中學高二七班的同班同學、成績優秀外，就只有都是一個人居住在自己租的公寓內這一點了。」

「他的公寓在……？」

「怎麼，我還以為你知道呢。小室同學居住的公寓也在學校附近，離你居住的小森公寓不遠。」

「也就是說兇手對他們居住的地點瞭若指掌？」

「沒錯，這也讓我們更加肯定，兇手就在你們班級內。」

「這點我已有察覺。對了，麻煩你告訴我，他們都是在自己家內被殺的嗎？」

「是的，根據我們的調查，他們開門時都毫無掙扎，從這方面分析，兇手應該都是兩人的熟人。」

這樣看來，那個在四天之內奪去三條人命的殘暴無比的兇手已經確定是我們班內的同學了。雖然我對自己曾經打開門迎接兇手這點沒什麼印象，但照島田警部所說，兇手一定是我們都熟悉的人。也就是說，小室、泉和我都對那個傢伙毫無防範，這麼一綜合的交集就只有能條麻美子和宮本朱美了……

可是，她們可能是殺了我的兇手嗎……

七

電視上依舊是千篇一律的報導。

這樣下去在我被殺之前捉住兇手簡直是不可能的任務，畢竟對方在明，自己在暗，說不定什麼時候一出門就被殺害了。

我打算關上電視，卻偏偏找不著遙控器，只能走到電視前按下關閉按鈕了。

就在電視關閉的瞬間……

一種莫名其妙的感覺襲來……

終於有了！

這種感覺是……

沒錯，殺害我的兇手就在附近！

在哪？

在哪？

在哪？

我近乎歇斯底里地來回望著屋內的各個角落，卻毫無一人。

究竟是什麼樣的具體感覺，我一時說不清楚……但是，剛才那一剎那的直覺……一定就是兇手！

可偏偏毫無蹤跡……

難道他會隱身術不成？

叮咚……

這時候門鈴突然響了。

我戰戰兢兢地走到門後，因為沒有貓眼，只能微微打開一道縫隙。沒想到，卻發現一隻黑色的眼珠正在與自己對視，我「哇」的一聲沒出息地跪倒在地。門縫越開越大，對方緩緩伸出纖細的五指毫不費力地將鏈條鎖鬆開，房門就這麼敞開了……

伴隨著令人戰慄的笑聲，我漸漸看清籠罩在黑暗中的真實面孔。

她沒有戴著面具……

「麻美子？」

我抑制著緊張的心情，呆呆地望著面前的這個女生。

八

「妳、妳怎麼來了？」我發現自己的腿還在沒出息地顫抖，感到羞愧不已。

「聽說小室也死了，學校早上停課，所以……就特地過來看一下……」她仔細打量著雜亂不堪的房間，有些吃驚地問道，「平時就你一個人？」

我輕輕點點頭。

「不過，妳為什麼會來這裡？」

「怎麼，不歡迎嗎？」她眯著黑亮的眼睛揶揄道。

「到也不至於……就是……」

殺了她。

我的內心突然躥出這樣的想法，自己也覺得不可思議。

「關於這三起……哦，不，是這兩起事件，你知道些什麼嗎？」麻美似乎直接進入正題。

三起？

言下之意是……她知道我是死者？

「剛才妳說的三起……」

「啊，我記錯了。對對，應該是兩起。」麻美子恍然大悟，慌張地摸了摸腦袋，說話開始變得有些語無倫次，「泉、泉和小室被殺應該是兩個案件才對，我怎麼連小學生都懂得的算術都不會呢……」

真是拙劣的演技！

她早就知道這其實是三起連續殺人事件！

「我真的很為你擔心，畢竟小室和泉都跟你一樣，單獨居住，萬一……」

「妳這麼希望我被殺嗎？」我冷冷地回答。

除了我本人以外，知道這個事實的就只有一個人……

她就是殺了我的兇手！

「不，我只是擔心……」

這時，我突然感到有個模糊的場景正浮現在我的記憶中。

那個場景是……

教室裡，朱美正在和麻美子嘀咕著什麼……

還有，麻美子捂著嘴說的話……

「你怎麼了？」

沒錯，應該殺了她。

「不，沒事。麻美子，你能回答我一個問題嗎？」

「什麼問題？」

還磨蹭什麼？快殺了她。

「當時，我們在討論泉被殺的案件時，妳的確說了一句讓我匪夷所思的話。」

「你在說什麼呀……」我的確捕捉到她嘴角抽搐的一幕。

「那時候，妳的確是說『眼睜睜地看著弩箭朝自己射來，太可怕了！』對吧？」

「是呀，怎麼……」

還沒等她把話說完，我立刻從口袋裡掏出某樣東西，周圍的氣流隨之大幅波動，那樣東西精準地刺向她的喉嚨。

在痛苦與恐懼中掙扎的她，像脫離了海水的金魚一般，拼命扭動了兩三下身子，發出像是被踩癟的癩蛤蟆般含糊不清的聲音後就一動不動了。

「果然是你。」我對著脖子已被染成深紅的麻美子冷冷地說道，「警方提供的資訊上最多只提到弩箭射穿喉嚨，為何妳卻知道『弩箭朝自己的方向射來呢』？除了兇手外，沒人能確定弩箭到底是從被害人面前發射的還是側面或者身後發射的。如果妳不是兇手，為什麼妳還會知道我已經死去，發生三起命案的事實呢？

「終於被我逮到啦！怪不得那天妳會慫恿朱美去圖書館查看當天的報紙，是為了親眼一睹自己的大作吧？就是所謂的犯罪心理？哈哈哈！」

我一面仰天大笑一面瘋狂地拔出刺穿她喉嚨的某樣東西，黑色的血從刺穿喉嚨的孔隙裡噴濺而出，接著再朝她的臉上、身體瘋狂刺去，赤黑色的液體就像顏料般噴灑在我的臉上。等到她的身體被我搗爛之後，又狠狠紮向她的眼珠。沒錯，就像暴怒的野獸一樣。此時此刻，我已意識飄忽，感覺自己的身體已不再屬於自己，思維已然不是由自己左右的。

當我把她的屍體搗爛後，我才晃過神來，氣喘吁吁地看著手上緊緊握著的那個東西……

這……弩箭……是什麼時候……

難道……

不對，這樣一來什麼都解釋不通啊！

不、不，只要這麼一想，一切都……

啊啊啊啊！

我的指甲拚命地朝自己的臉撕去，我的臉正慢慢變形、扭曲，劇烈的疼痛伴隨著模糊的意識一起湧來。

我必須寫下……

對、必須寫下……

九

島田警部：

當你看到這封信時，我已經離開這個世界了。在告別之前，我必須向你解釋一切，恕我失禮，因為在我看來，只有我能夠解開一切真相。至於有關那名神秘男子的「強制置入研究」，我會在另一封信中和你詳細道明。

總之，我是以「死人」的身分重新來到這個世界的，在這裡，除了兇手之外，沒人會對我的存在產生懷疑，報紙和網路上關於我被害的報導也全部變成空白頁面，也就是說「我的死亡」在這個世界是不存在的，而它又實實在在發生過。

現在，你應該瞭解為何我會如此焦急地問你案件的進展吧？沒錯，我回到世界的目的就是要手刃這個兇手！從你那裡得出的消息，我已經綜合我、泉還有小室的共通點整理出「兇手即是宮本朱美和能條麻美子其中之一」的結論。但在這之後，不少疑點又重新浮現在我腦海中，現在總算得到合理的解釋，結合我自己的記憶，在這裡將這些疑點一一列出：

1、第一次被殺時，我為什麼會給兇手開門？

2、為什麼能條麻美子會知道只有兇手才瞭解的真相？

3、我為什麼會感應到兇手的存在？

4、既然兇手是能條麻美子，而我在家中隔著門都能感應到兇手的存在，為什麼我在學校裡不會感應到能條麻美子？

5、我為什麼會殺了她？

6、泉和小室為何被害？

這些問題看起來平凡無奇，或許你看到我們兩人的屍體後，都能推理出來。但當我殺害能條麻美子，看到自己手上拿著隨手掏出的弩箭後，我才晃過神來，為什麼自己執著於殺了能條麻美子？為什麼隔著門都能感應到兇手的存在，在學校卻毫無察覺？為什麼她會知道只有兇手才瞭解的真相？

這一切都指向一個答案——我才是殺人案的兇手，麻美子也是死而復生的！

也許這個結論對你來說並不能接受，但我必須一一將上述看似互相矛盾的問題給予解答。

因為我從小失去父母雙方的疼愛，後來當起了窩裡蹲的宅男，避免一切與外界交流的機會。說我清淨也好，孤僻也罷，後來我漸漸開始把自己封閉起來，開始與自己對話，久而久之，我的大腦出現了另一種人格——集暴戾、冷酷於一身的殘酷人格，雖然日常生活中自己的思維能夠由主人格操控，但到了某種情況，比如在虐待麻美子的屍體時，我就感覺自己的思維和動作完全不是自己能夠操控的，也就是說，在那個時候，我的大腦完全交由「他」來操控。

也許這麼說還是難以接受，就讓我為你講述事件發生當天的情況吧。從第一點疑問開始說明，因為犯下殺人案件的是我的另一個人格，所以並不存在「我為他開門」這一說，而那個人格在殺了我之前就已經殺害能條麻美子。所以，她知道自己被殺害時的情況，這和一般的案件一樣，我忽略了一個盲點——案件的情況不僅兇手知道，而且被害人也知道，只不過她是死而復生的，我不應該按正常的思維去推斷，因此，第二個問題也迎刃而解。接著是第三個問題，為什麼我會感應到兇手的存在呢？其實，感應到的那一剎那，我在做一件事——那就是親自上前關閉電視，而電視關閉後，影像消失了，留下的就只有漆黑螢幕前映照出的自己的面孔！也就是說自己被自己看到了——「他」看到了我，所以在那個時候，是**兇手感應到我的存在，而不是我感應到了兇手**。所以，在學校面對被害的能條麻美子時，主人格的我不會對她產生反應，而當她造訪我的公寓時，由於作為主人格的我害怕到了極點，第二人格便取而代之，並執著於殺害能條麻美子。也就是說，兇手遇到了身為被害人的麻美子，於是，便置之死地而後快，麻美子的屍體才會慘遭蹂躪。至於死去的泉和小室，則是被麻美子殺害的，在她看來，「自己的復活」就銷毀了「自己被殺害」的痕跡，因為復活之後就等於沒有發生任何事件，所以依靠自己的力量無法向任何人伸冤。因此，她異想天開地將自己同學毫無痕跡地殺害，將其發展到「面具男連續殺人事件」的程度，或許她的想法是，這會引起真正的兇手恐慌，達到引蛇出洞的目的，真凶勢必會露出馬腳，說不定加大搜查力度的警方還能找到謀殺自己的真凶的蛛絲馬跡，到時候再親自手刃真凶。復活之後的她一心想著報仇，反正她已經死了一次，早已置生死於度外，但是，這麼做又有兩條無辜的生命失去……呵，或許我沒資格對她這麼說吧。這樣一來，上述所有的謎團也得到合理的解釋。稍加整理後，便能得出下列結論：

日期	事件
5.19	能條麻美子被「他」殺害
5.20	我被「他」殺害
5.21	能條麻美子復活（5.19被害事件同時失去認知），並殺害泉純也
5.22	我復活（5.20被害事件同時失去認知），開始尋找真凶
5.23	能條麻美子殺害小室鷹人

我為無法保護麻美子，也因為自己的懦弱將她送入虎口而感到沮喪和羞愧。唯有一死，才能達到手刃兇手、為自己和麻美子，還有死去的同學們報仇的目的。

我戴著面具走到浴室門外，鏡子映照出的就是戴著面具的自己，「他」看到了我之後，手中握著的弩箭緩緩抬起，朝自己的喉嚨慢慢刺去，這既是我的願望也是「他」的心願。不過，這樣一來，這次的復活究竟是我殺了「他」還是「他」殺了我呢？好在，不會有下一次的重生了……

戶田黎人

VI 推理小說家的推理

「不好意思，又冒昧打攪了。」

柄刀主編彬彬有禮地向太刀田鞠了一躬。

「主編大人請進。」

上回太刀田囧發表的《重生・殺人事件》以SF推理設定和崩壞的故事結局收穫了不少讀者的好評。傍晚Mystery春秋關於下一期推理月刊選題討論會結束後，柄刀主編徑直趕往太刀田家。

「古典本格？沒搞錯吧？」

「沒錯。社裡的主編十分重視上一期的讀者回饋，有許多讀者認為『SF推理』設定實在犯規，通常是作者為了偷懶才將靠現代科技無法完成的犯罪手法轉移到未來，超現實設定只是為了方便作者布置詭計，對讀者不公平。所以他們一致決定這回的選題是『**古典本格**』哦。」

「……身為推理作者，一定要為了迎合讀者口味寫作嗎？」太刀田囧面露不悅，「感覺快失去創作自由了。」

「老師千萬別這麼說，再說了，古典本格不是老師的強項麼？只要最終解答別讓讀者猜中就行。」

「開什麼玩笑？遵守所謂『黃金時代創作戒律』的古典本格豈有不被現代讀者看破的道理，都二十一世紀了，有些讀者比我們作者讀的推理小說還多。」

「這回真是麻煩老師了。不過我會助您一臂之力。」

「一臂之力？這話是什麼意思？」

「我會將進行中的讀者投票情況告訴您，您只要躲著讀者票選最多的選項創作解謎篇就行啦！」

「不愧是柄刀主編，這主意真不賴！」

「故事計畫連載三期，老師只需避開第一、二期讀者票選的熱門項即可，當然如果可以的話，請避開所有選項哦。」

「呵呵，言下之意就是自己創作的推理小說變成被迫推理出讀者無法推理的故事，真是諷刺。」

《戲偶師殺人事件》

文／太刀田囧

一、矛盾

1、大迫藏人

從上演人偶劇的方舟劇場所在的休息室裡飛奔而出，回到位於S巷的家中。這段長達半町左右的距離，儘管花費了四、五分鐘的時間，但對於大迫藏人而言，就如同踏上了長久的時間之旅一樣漫長，而兩處相距不遠的地方，感覺也如同隔著數億光年的兩個星體一般遙遠。

「我將讓你品味到極致的苦難！」他終於氣喘吁吁地跑到家門口，對著灰濛濛的天空低吼道。

他甚至連在夢中都不放過那個人，因為從那件事開始，原本無話不談、情同手足的二人立刻反目成仇。這對擁有著高貴矜持之心的大迫而言，實在是難以忍受的屈辱，打個比方，這屈辱甚至遠比被人活埋，或是被架到班貝格木馬上，用鞭子抽得皮開肉綻、血肉模糊更加痛苦。毫無疑問，這便是人世間最大的恐怖和不幸。再加上近期以來妻子詭異的行蹤，他幾乎可以斷言，他的確是被妻子背叛了。

2、野間淳

大迫藏人和野間淳是一家淨琉璃劇團的戲偶師，剛入團時大迫年方二十三，野間二十八，都是京都人，所以自然投合，要好得像親兄弟。

不料，一年前，也就是大迫把劇團團長旭屋響五郎的千金娶回家的那年的三月，由於劇團的淨琉璃劇廣受歡迎，大迫和野間更成為了小有名氣的戲偶師，所以劇團正籌備著舉行巡演。劇碼經常更換，二人必須在台下做足了功課。

那天深夜，野間在睡夢中被驚醒，他似乎聽見了悉悉索索的聲響，但豎起耳朵仔細聽聽，四下一片夜晚的寂靜，再看看一旁呼呼大睡的大迫，覺得是因為自己準備隔天巡演的新劇目導致情緒緊張所致，便又倒下去繼續睡了。

就在此時，他又聽見同樣的聲響。

房外的確傳來一陣低微的吱吱聲。

野間突然想到寢室外邊狹窄的走廊淩亂地堆滿了衣箱和戲偶之類的道具，疲累的團員肯定沒有整理，就那樣直接拋在走廊了。吱吱聲莫不是老鼠的聲音？要是這樣就糟了！那戲偶可是咱的飯碗啊！

隔天要表演的劇碼可是劇團裡的壓軸好戲大套戲《浮木龜山》，要是戲偶在此時被老鼠肯壞就糟糕了！

野間悄悄打開寢室大門，走廊一片漆黑，四下朦朧不清。當他在黑暗中看到一道影子如幻影般閃過時，趕忙揉亮惺忪的雙眼。誰知他居然看到了大迫藏人的戲偶——赤崛水右衛門突然如紅蓮般燃燒了起來，漆黑的通道立刻被點亮。

野間和大迫要表演的是《浮木龜山》中石井兄弟的復仇劇，野間負責操縱石井兵助，而大迫操控水右衛門。如此情景就好像是被野間操縱的戲偶——石井兵助成功復仇了一般。野間居然在恍惚之間看到水右衛門戲偶旁的石井兵助在火光的照耀與黑暗陰影的襯托下露出狡黠的冷笑。

過了許久，野間才晃過神來，趕緊提了桶水撲滅火焰，水右衛門被燒成焦炭，而石井兵助卻沒有受到波及，野間暗暗鬆了一口氣。誰知此時他的身後竟站著被嘈雜聲吵醒的大迫藏人，他看到死灰一般的水右衛門布偶，臉色大變，狠狠地質問野間淳，到底有何怨恨，非得在巡演前一天燒毀自己的布偶？野間頻頻解釋，水右衛門是在他眼前突然燃燒起來，但大迫藏人始終無法信服。

一方說戲偶自己燃燒，一方始終不肯相信，既然沒有其他證人，終究只是抬死扛，註定無法了結。其他劇團成員也被這場爭論吵醒，逐一起身，但誰也沒法對這事做出適切判斷。有人說世上或許真有如此怪事，有人則是一口否定說絕無可能，但大迫的布偶被燒毀確實鐵錚錚的事實。

大迫藏人認為是野間嫉妒他所致，首演以來，自己的戲偶就廣受好評，人氣絕對高於野間淳，連觀眾都誇讚其戲偶靈動、栩栩如生。一定是野間因此心生妒恨，半夜偷偷放火點燃了自己的戲偶，為了遮掩事實，故意謊稱有人縱火。但此說終究無憑無據，他只能強忍怒意，在旁人的勸說下暫且作罷。大迫只能拿出備份的戲偶參加第二天的巡演，因為這不是自己常用的戲偶，操控起來顯得相當生澀，無論做工、質感、樣貌等都和心愛的戲偶相去甚遠，所以大迫總是提不起勁來。可眼前就是他的仇人野間淳，大迫彷彿真的被水右衛門附體一般，顧不上劇本的情節，大肆對石井兵助的布偶展開瘋狂攻擊，而野間也無心提醒大迫，只見雙方的布偶都企圖虐殺對手，眼神中布滿血絲，刀刃都幾乎被折斷，講臺上的太夫也深受感染，今天的說唱特別賣勁，毫不知情的觀眾全都屏息凝神，靜觀勝負。

無論如何瘋狂，石井兵助必為仇敵所敗，水右衛門那方出現援軍，但此時的野間絲毫不顧及淨琉璃的臺詞，竟胡亂衝殺一番，一心一意只想砍殺對方的布偶，而知曉這點的大迫藏人不敢大意，也全力應戰。就在敵我雙方一陣衝殺之際，淨琉璃的臺詞終了。

「你究竟是何居心！」野間在休息室裡指著大迫破口大罵。

「真有臉說！要不是我防範有加，第二只戲偶都會被你折磨死了！」大迫也毫不示弱，揪起野間的衣領罵道，「你到底對我有什麼深仇大恨！」

野間原本脾氣就衝，此時也顧不得其他，兩人在休息室內公然打做一團，昨夜的爭執即將在這裡重現，幸好兩人的師傅波多野徹平及時出面制止，總算平息了當晚的風波。但在第三次巡演之前，不知是誰拔下了石井兵助的偶首，拋在走廊上。當然，這很有可能是大迫幹的好事，可終究無憑無據，野間只能壓抑怒氣，從那以後，二人都沒有任何交談，他們在實際生活中也如石井兵助和赤崛水右衛門了。

3、波多野徹平

「你們兩個太不懂規矩了！」波多野徹平將大迫和野間二人帶到自己家中，好好地訓斥他們一番，當他聽聞自己的兩位弟子竟絲毫不顧影響，在休息室內大打出手，感到勃然大怒。

砰！

他又敲了一下桌子。大迫和野間完全被師傅的威嚴震懾住了，半天不敢吱一聲。

「野間，你說你在半夜看到大迫的戲偶自己燃燒起來？」波多野嚴厲地問道。

「是、是的……」

「這怎麼可能？分明是他嫉妒我的操控戲偶技術！」一旁的大迫藏人忍不住大聲喊道。

「我真的親眼看見的！信不信由你！」

「好吧，這事暫且不做定論。但是大迫你也不能對野間的戲偶做出那種事來啊。」波多野轉過頭斥責大迫。

「我根本沒做過這種事！哼，這說不定是某人為了名正言順地攻擊我故意造出來的藉口吧！」

大迫的挑釁話語徹底激怒了野間，只見他掄起拳頭正準備往大迫臉上揍去。就在這時，波多野單手擒住了他的手臂，大聲吼道「別再胡鬧了！真是丟人！」

儘管大迫和野間都很不服氣，但必須遵從師傅的命令，坐在一起吃飯。波多野是旭屋團長的弟子，也是大迫二人的恩師，他們能成為如今炙手可熱的戲偶師，全是托了波多野徹平無微不至的照顧和教導。波多野原本是無惡不作的街頭混混，專幹偷雞摸狗的勾當，後來由於實在窮困潦倒，所以投靠旭屋劇團當一名戲偶師，沒想到他的操控技巧讓旭屋團長驚歎不已，一個個戲偶在他的操控下栩栩如生，連劇團的前輩也看的張口結舌、自歎不如。隨著劇團的名聲因他而日益壯大，他的地位也逐日提高，但還是改不了往日的秉性，在劇團成員之間流傳著他經常趁大迫藏人巡演時和他的妻子發生不正當的關係，雖然不知是誰最先傳出去的，但大迫卻不以為然，一笑置之。

「你們對這件事怎麼看？」波多野從電視機下的抽屜中掏出一張報紙。

報紙的頭條用鮮紅的大字體寫著：

K縣發生第三起殺人案件！旭屋劇團團員慘遭殺害！

「啊？發生了第三起殺人案！」大迫從師傅手中接過報紙喊道，野間也稍微靠了過來仔細閱讀。

「嗯，據說是昨晚發生的命案。負責道具準備工作的平井被人殺害，留在命案現場的又是那不知所云的咒符。」

大迫和野間仔細翻閱著報紙，只見上面寫道：

昨日，K縣又發生第三起連續殺人事件，近來迅速走紅的淨琉璃劇團——旭屋劇團的成員平井史郎（二十九歲）在自家家中遭到殺害。據悉，第一發現者是同劇

團的成員Ａ氏，當晚九點應平井之邀前去他家拜訪，但不論在門外如何按鈴，都沒任何回應，且Ａ氏又在隱約之間聞見從房內飄來的血腥味。情急之下，Ａ氏試著轉動門把，沒想到門竟未反鎖，平井史郎的屍體赫然出現在眼前，頭顱像人偶一樣被扯下，死狀慘不忍睹。身旁還留著被視為連續殺人事件憑證的波斯咒符。

「像人偶一樣」這句話讓大迫和野間二人看的毛骨悚然，作者似乎在暗示著什麼。文章的後面主要是劇團團長旭屋及各個層次的主要管理員對此事的感想，收錄了對平井史郎的各種好評，包括以前和他鬧得不可開交的幾個成員居然也都聲淚俱下地對他拚命誇讚。最後則是簡要的提醒Ｋ縣的住戶小心防範陌生人入侵，並請了犯罪心理專家對犯人的心理狀況進行評論，還附上了所謂的波斯咒符，報紙對兇手的宗教信仰等方面進行各種臆測：

ABRACADABRA
BRACADABRA
RACADABRA
ACADABRA
CADABRA
ADABRA
DABRA
ABRA
BRA
RA
A

「兇手果然是個變態的傢伙。」野間摩挲著下巴說道。

「是啊，這莫名其妙的符紙就好像是犯罪記號一樣被丟在血淋淋的現場，真有點讓人毛骨悚然。」

此時大迫和野間似乎早已忘卻彼此的仇恨，竟不知不覺討論起案件了。

「不過，要說起誰和平井史郎有何仇恨，大迫你應該最清楚的吧？」野間話鋒一轉，「你不是常指責平井工作馬虎、說話刻薄，常和他鬥嘴嗎？我記得你還說過要找個時間好好整他呢！」

「混帳東西！你這話究竟是什麼意思？懷疑我嗎？嗯？」大迫挽起袖口，露出雪白的手臂，似乎隨時準備開戰。

「呵呵，我只是提出自己的看法而已嘛。報紙上說『平井的頭像人偶一樣被扯下來』，這不正好和你對待我的戲偶方式一樣麼？」

「我都說過了，你的戲偶不是我擰壞的！」

「你把我當三歲小孩耍麼？」

一觸即發之際，波多野又出手阻止二人，將他們狠狠訓斥一番後才放他們回去。眼看二人之間的隔閡始終無法排解，他深深地歎了口氣。

4、大迫玲子

儘管波多野徹平在劇團中地位極高，但由於認識他的人終究會知道其以前荒唐的生活，所以他到現在都沒找到一個能談婚論嫁的女子，一直過著單居生活。

他知道劇團中流傳著他和大迫藏人的妻子玲子不清不白的傳聞，也對大迫藏人對此的嗤之以鼻感到放心，他可以更加肆無忌憚地挑選時機去大迫家「拜訪」了。

大迫藏人的妻子大迫玲子是旭屋團長的獨生女，和滿身贅肉的團長不同，玲子竟生得勻稱標緻，濃密的披肩長髮配上白白的臉蛋上的標緻五官，再穿上她平常最喜歡的淡紫色和服，真是美極了，連混跡江湖多年的波多野也為她的相貌所打動，感歎世上竟有如此美人。儘管劇團內的成員都在暗地裡指責他利用和藏人的師徒關係偷偷和玲子幽會，可波多野對此毫不理睬，反而變本加厲地頻繁造訪大迫家。而現在，波多野算好時機，他的目的地正是只有一個人的大迫家。

他按照約定，來到對著門輕敲三下。房內的人早已迫不及待地開門迎接了，也許是忍耐太久的緣故吧，兩人竟立刻躺到了床上，纏綿一番後，各自心滿意足地蓋著同一床被子倒在床上。

「對不起，我忍耐了太久了，今天做的有點過火……」

波多野低聲下氣地道歉，而對方卻輕輕地搖了搖頭，櫻桃般的嘴唇立刻迎上前去，接著又是一陣纏綿。

「對了，這個連續殺人案件的兇手究竟是誰，或許我已經有端倪了。」待兩人漸漸平定下來後，波多野促狹地說道。

「哦？是真的嗎？這討人厭的案件早該結束了，你是如何知道的？」

「妳冷靜的聽我說，兇手很有可能就是妳認識的人。」

「啊？這怎麼可能。」

「就是妳的……」波多野用手指了指自己枕著的枕頭，面色嚴峻地輕聲說道。

接著，他將枕套的拉鏈拉開，從裡面掏出了一張紙片，上面赫然印著：

ABRACADABRA
BRACADABRA
RACADABRA
ACADABRA
CADABRA
ADABRA
DABRA
ABRA
BRA
RA
A

「這是兇手留在案發現場的紙片？」
「是啊，妳不覺得奇怪嗎？怎麼會有人把紙片塞進那裡呢？」
「那、那我該如何是好？搞不好他下一個目標就是我了！」
「別怕，我會保護妳的。」他又伸出手摟緊對方，「就算是拚上性命……」

二、事件

1、大迫藏人

大迫藏人從很早以前就開始懷疑玲子是否有出軌的行為了。當初他費盡千辛萬苦才旭屋團長手中捧回這個如戲偶般完美無瑕的少女，但現在二人膝下無子關係越發冷淡，他們的夫妻生活顯然已經進入了不折不扣的冰凍期。玲子不會對他歇斯底里地埋怨，與其說是大迫藏人的妻子，不如說是他的專屬女傭，每天只會對藏人說些機械性的話語。對，就好比戲偶一般。

「藏人，早餐我已經備好了。」

「就放在桌上吧，妳今天要出去嗎？」

她輕輕點了點頭：「要去父親那幫他處理劇團的事兒。」

「呵呵，妳可真幸苦啊。」大迫藏人面無表情地說道，嘴角泛起了一陣冷笑，心裡在想妳以為我不知道妳要去和外面的男人幽會嗎？去岳父那還化妝，真把我當小孩耍了！

玲子瞥見藏人嘴角的冷笑，對他的冷嘲熱諷視而不見，逕自走出門去。

「妳怎麼不和我解釋一下呢！」藏人對著漸行漸遠、虛無縹緲般的身影低沉地說道。

他將冷冰冰的早餐擱在一邊，可以說從結婚開始就已經吃慣了沒有任何溫度的食物。他已經被沒有人類氣息的生活逼的幾近抓狂了，他尋思著該做些什麼事才可以傾吐胸中的悶氣。

從上個月開始，他陸陸續續做了幾件瘋狂的事兒，但他對自己的手法很有信心，確保不會被任何人察覺。現在，他從櫃子裡掏出今天的晨報翻看頭條新聞，津津有味地品讀關於「K縣連續殺人魔」的評論文章，看著報紙上那些所謂的「專家」們不著邊際的猜測，口中不由得發出幾聲竊笑。

當他翻到中間的版頁時，一個紙片一樣的東西從報紙的縫隙中「吱留」一聲滑下。原來是一封白色的信封，裡面夾著一張小紙片。也許是玲子早上取報紙時忘了留意吧。

說不定裡面有什麼關於玲子的祕密……

他暗暗這麼想到。

他打開信封，看到裡面的小紙片時，嘴裡發出了「咯咯」的笑聲，這是非人類的聲音……

早上十一點到休息室見面，有要事相商。

波多野徹平

他探了探褲子口袋，從裡邊掏出了一張波斯咒符……

2

（摘自XX年四月四日《晨間新聞》）

K縣殺人魔幾近瘋狂！

旭屋劇團兩名成員喪生！

昨日上午十一時半，接連在K縣作案的殺人魔又開始了喪心病狂的殺戮，而目標又對準了旭屋劇團，該劇團兩名當紅的淨琉璃劇戲偶師大迫藏人和野間淳在同一間休息室內遇害，現場留下了兩張象徵連續犯罪的奇異咒符。幾天內連續有三名劇團成員被害，這對最近廣受熱捧的旭屋劇團是個致命的打擊，警方已對此時展開深入調查，據悉，他們已掌握了些許關鍵的線索，有望在近期逮捕這名窮兇極惡之徒。

密室殺人！警方束手無策！

最新消息稱，昨天發生的K縣連續殺人事件實為不可能犯罪，凶案現場是個密室。之前警方曾信誓旦旦地表示必在幾天之內破案，現在看來，這顯然又是他們過分相信自己的能力，這種不負責任的發言無疑是自己給自己一記響亮的耳光。筆者昨日親自前往旭屋劇團，目前警方人士對此案的犯罪手法束手無策，現階段的偵辦要點主要放在被害者的人際關係上。破案之日看似遙遙無期。

三、推理

1、法水太郎

「K縣連續殺人事件」辦案特別小組。

法水太郎把雙腳翹在桌上，點起一支煙，嘴裡哼著小調，悠悠地看著這份抨擊警方人員不負責行為的報導。

「警部，你的杯麵。」警員居間涼子把手裡捧著的杯麵遞到他的辦公桌上。

法水朝涼子微微點了點頭，撚熄正抽到一半的半截香煙，接著就端起杯麵絲毫不顧及個人形象地將麵條一股腦兒地送進嘴裡，麵線與唇口接觸時發出「吱留吱留」的聲響讓正在審閱案件檔案的同僚們十分不滿。

「法水警部，你吃麵的聲音能不能……」涼子用蚊子般微弱的聲音對法水說道。

「哦？上邊新規定不能在辦公室吃杯麵嗎？」

「不，也不是……」

「那就再幫我泡一杯吧，海鮮味的，謝謝啦！」

轉眼間他已經吃的一乾二淨，還不住地稱讚「真美味啊」。涼子心想法水警部真的可以去做杯麵代言廣告了。

趁著杯麵還沒泡熟的空當，法水端起幾百頁厚的「K縣連續殺人事件」的資料檔案，上邊記載著從第一件案子到第五件案子的詳細資料。

從兩個月前開始，K縣就陸續發生了幾起兇殘的連續殺人事件。而稱之為「連續」的原因就在於兇手都會在犯罪現場留下莫名其妙的波斯咒符。不知怎的，這個令人匪夷所思的咒符竟在法水心中揮之不去，倒三角的形狀如夢魘一般被刻在他的記憶裡。在看過這些整然排列的文字後閉上雙眼，眼睛裡最後浮現的就是右邊整齊劃一的A，這就是所謂的倒差異樣心理。為此，法水特意查了這方面的資料，據說夜晚如果盯著這塊咒符看的話，半夜就會做從懸崖上摔下的夢，但追根究底，也許真的是這種倒差感所致吧。

總之，法水心想這塊咒符應該只是兇手為了告訴大眾所有案件都是出自他之手、別人難以模仿的詛咒憑證罷了，與作案手法等都沒有什麼直接關係。

接著，他又翻到被害人檔案頁。目前已有五個人遇害，其中三人均是出自旭屋劇團，前面兩人則是K縣普通的上班族和清潔工，並且都是孤身一人居住在這，親戚朋友極少，屬於就算失蹤遇害也不會有人過問的人物。也許，兇手的犯罪真正動機就是與旭屋劇團的團員之間的矛盾，也就是說，他真正想殺害的其實是旭屋劇團的成員。

這簡直就像阿嘉莎・克莉絲蒂的《ABC謀殺案》當中出現過的手法。前面三起事件兇手都做得乾淨俐落，既沒有目擊者也沒有任何人提供看見可疑人士的線索，唯獨前天發生的事件則讓他耿耿於懷。

為什麼是兩人被殺？

難道兇手真的是喪心病狂，開始一次殺害兩人了嗎？

不，種種跡象都告訴法水，兇手是個謹慎小心、做事不留痕跡的傢伙。試想一下，之前犯下罪行能做到媲美職業殺手水準的兇手，會突然改變一貫的作風嗎？

沒錯，這象徵著極端穩定的三角形一般的兇手做出如此匪夷所思的事一定是因為這起案件才是他的真正目的。如果說犯下前面三件罪行是無差別殺人的話，那麼這次的劇團休息室殺人事件一定能瞥見兇手的身影，法水看到了逮捕兇手的契機。

他細細閱讀前天這起事件的資料：

凶案現場在旭屋劇團的團員休息室內，照理說當天是週末，團員可以自由行動，除了被殺的大迫藏人和野間淳之外，沒有其他成員待在劇團休息室內。至於他們是為何出現在這間休息室的，大迫藏人口袋中的字條或許可以給出答案。那是張署名為波多野徹平留下的字條，據調查，此人正是旭屋劇團的高級團員，也是大迫和野間二人的戲偶劇師傅。凶案現場還是個密室，大門從內部反鎖，唯一一扇玻璃窗的鎖扣也從內部扣上。兩名被害者均陳屍在休息室正中間，除了上述幾個疑點外，現場還存在著以下不合理之處：

第一，大迫藏人和野間淳均是被刀具捅死，刀柄上只留下了大迫和野間二人的指紋，而命案現場留下的刀具刀鋒中卻不見大迫藏人的血跡。

第二，大迫藏人的大量血跡只出現在兩個地方：休息室正中央的地上（也就是他倒下的位置附近）以及野間淳的手心上。這兩個地方存在著大量大迫藏人的血跡。

第三，野間淳身上有被毆打的痕跡。

第四，遺留在命案現場的兩張咒符，其中一張沒有任何指紋，另一張則留有大迫藏人的指紋。

法水看著這些疑點，不由得撓了撓頭，這是他思考時的習慣。接著，他再翻到「關係人筆錄」中的「波多野徹平」頁，上面詳實記錄著他接受大谷警官審訊的過程：

大　谷：今天早上十一點左右你在哪裡？

波多野：去新收的弟子家教他些入門的知識，他的悟性不及大迫和野間，所以教他很費心力。

大　谷：新收的弟子？是劇團裡的成員嗎？什麼時候收的？

波多野：是的，就是原本負責道具部分的小林玄二，團長看他挺有戲偶劇的表演天賦，就叫我多多栽培他。他是昨天才和我商量好，定下師徒關係的。

大　谷：小林玄二？好像就是第三起案件中發現平井史郎屍體的那位？

波多野：沒錯，就是他。

大　谷：還有其他人替你作證嗎？

波多野：沒有了。

大　谷：聽說是你寄出小紙條約大迫藏人出來見面？

波多野：絕無此事。這是兇手為了陷害我而設下的陷阱。

大　谷：好吧，但是小林家就在旭屋劇團附近，離案發現場相當近，而且他又是其中一起事件的關係人之一，所作的證明根本沒有任何價值。

波多野：但我的的確確在他那！

大　谷：沒有可靠證據前，一切還是無法定論。另外，被殺的二人都是你的弟子，你不認為這其中必有蹊蹺嗎？

波多野：這事我也感到十分痛心。畢竟他們可都是十分有天賦的戲偶師，現在也積攢了不少人氣，必定是可塑之才。

大　谷：難道他們被殺沒有任何徵兆？

波多野：是的。

大　谷：他們平常相處的如何？

波多野：以前他們是一對形影不離的兄弟，但由於一些誤會，導致這樣的關係破滅，兩人反目成仇。

大　谷：是什麼事呢？

波多野：我們劇團隨著他們二人日漸佳境的演出，人氣逐漸上升，於是決定三月三日舉行公開巡演。就在巡演前一天半夜，野間發現大迫的道具戲偶突然之間被焚燒了，而大迫卻始終不肯相信，認為是野間幹的好事，兩人鬧得不可開交，甚至還在後台大打出手。過了不久，野間的道具人偶也被擰下偶首，野間認為這是大迫的無理報復，大迫卻也不承認真的做過此事。他們二人的隔閡變得不可調節。

大　谷：那麼你這個做師傅的就沒勸說他們嗎？

波多野：該做的都做了，他們依舊彼此仇視。

大　谷：至於命案現場的野間身上有被人毆打的痕跡，你對此有何看法？

波多野：我覺得還是因為和大迫爭執不休的緣故吧。

大　谷：據說你以前是個街頭流氓，專門做些不正當的事，對嗎？

波多野：是的，以前的確是經歷了不正經的日子。

大　谷：偷雞摸狗的事沒少幹吧？

波多野：……警官您該不會認為這起事件是我犯下的吧？

大　谷：一切只是為了以防萬一，我必須知道身為案件重要相關人的你到底幹過些什麼好事。

波多野：我以前的的確確是做過盜賊，幹過些見不得人的勾當。但這件事真不是我做的，我為什麼要把辛辛苦苦栽培出來、好不容易有所成就的弟子通通殺害呢？

大　谷：這也是我們調查的方向之一，聽說你在大迫結婚之後開始頻繁拜訪大迫家，莫不是看上了他的妻子吧？

波多野：我承認大迫的妻子的確很吸引人，但我已經洗心革面，不會做出趁人之危的事。

大　谷：好吧，今天就先這樣了，若還有其他問題我們會再通知你的。

下一頁則是記載大迫藏人的妻子大迫玲子接受審訊的過程：

大　谷：夫人，恕我直言，您身為劇團團長的千金，又如此美麗，如何會看上一個小小的戲偶師，甚至還嫁給他呢？

玲　子：當初藏人他熱情地追求我，後來還向我求婚，正在我猶疑不定的時刻，父親和藏人的師傅都一致贊成這樁婚事，我也沒理由拒絕，加上

大　谷：也就是嫁給他之後發生了一些不愉快的事嗎？

藏人也是個老實人……說實話，嫁給他的時候並沒有什麼怨言。

玲　子：也談不上什麼不愉快，而是藏人他老嫌我對他不夠親近，最近我甚至隱約覺得他在懷疑我有沒和外面的男人幽會。

大　谷：事實上呢？

玲　子：一切只是藏人的誤會。

大　谷：那麼，今天早上十一點左右，妳人在哪呢？有不在場證明嗎？

玲　子：早上十一點我到父親那幫他處理劇團的事物。主要是開支方面的整理和統計。

大　谷：原來如此，不過您父親，也就是旭屋團長的家就在劇團附近，妳一天都待在他那嗎？

玲　子：快到中午的時候我獨自一人到附近的一家料理店吃飯去了。

大　谷：快到中午嗎？記得具體的時間嗎？

玲　子：這個我真的不記得了，大概十一點左右吧。

大　谷：為什麼不和您父親共同進餐呢？

玲　子：因為我父親堅決要下廚，而我對於他做的料理非常不習慣，再加上樓下那家名為「太刀田」的料理店是我最喜歡的料理店，所以乾脆就拒絕我父親，直接去那了。

大谷　：之後呢？又重新回您父親那了？

玲　子：是的。

大　谷：那時候是幾點？

玲　子：唔……大概十二點了。

看到這裡法水不由得暗暗一笑。在他看來，大谷警官那種平常不近女色、到三十六歲還未結婚的「鐵面警官」也會讚歎玲子為「美人」，而且大谷警官在詢問玲子的時候居然沒有按照他一貫的準則先問不在場證明，可見他那時正因為對面那位玲子夫人的美貌而恍了神。

言歸正傳，對於這起事件，令人匪夷所思之處著實太多，法水靜下心來仔細整理一番。首先是大迫藏人與野間淳之間的關係，從情同手足到反目成仇，這才賦予了他們互相仇恨的動機，但他們兩個卻死在了同一個房間裡；其次，代表著犯罪信物的波斯咒符，為何一張有出現了指紋而另一張卻沒有呢？第三，就是密室之謎，不解開這個謎團就無法偵破這起事件，更無法找出K縣連續殺人事件的端倪。

法水兩手交叉坐在靠背椅上，尋思著這些問題。

密室的製造方法著實有很多種，著名的推理小說《三口棺材》已經將古典密室的形成仔細歸納了一番，現今發展的密室多是將物理學、心理學方面結合在一起的衍生物，在法水看來，充其量也只是鑽牛角尖的推理，完全沒有真實感可言。

思及此處，法水從書櫃中抽出《三口棺材》，與之一一對照，綜合菲爾博士的觀點以及此案的實際情況，他總結道：

第一，可以先排除機械詭計，根據警方鑒識人員的說法，不論是門或者窗，都不存在像是《猶大之窗》中的詭計之類的痕跡。

第二，排除第一發現者乃兇手，製造偽密室的情況。因為本案的第一發現者是和他們二人毫無糾葛的劇團管理員，而且和他一起作證確認門窗反鎖的一共有三人，是他們一起破門而入的。

第三，兇手是否躲在房間裡呢？根據第一發現者以及鑒識人員的證詞，房間中的擺設簡單，沒有讓人容身的地方。同一時間破門而入的有四人，所以更不可能出現兇手躲在門後還不被發現的情況。

第四，既然兇手不在密室內，第一發現者又是和本案毫無瓜葛的人士，剩下的難道就只有自殺？

法水又抓了抓腦袋，照這麼看來，只有房裡的人行兇這一種可能了，換句話說，就是「內出血」的密室。大迫藏人和野間淳二人已經反目成仇，野間冒用師傅波多野的名字約大迫出來，想和他了結此恩怨，但談到一半，氣急敗壞的大迫出手傷了野間，野間也不甘示弱，掏出早已準備好的刀子捅向大迫。野間萬萬沒想到此時大迫還有一絲氣力，將刀子拔出，反而捅向野間。最後兩人均死於密室之中。

但是這麼推理又有些許不合理的地方：

第一，符咒如何解釋？按照這種說法，擁有符咒的人、也就是大迫或者野間很有可能是已經握有三條人命在身的殺人魔，他會料到自己被殺而事先準備用來祭奠自己的符咒麼？

第二，若不是這樣，也就是連續殺人事件的兇手還逍遙在法網之外，案發之後通過門縫將符咒塞入房間內。可如此一來，又有不合理之處，那就是他們二人陳屍的地點和符咒的位置是一樣的，而且符咒上還有噴濺的血跡，也就是殺人是在放下符咒後才進行的，且兇手是如何將符咒飛入房間的正中央呢？不論如何推斷就是無法實現，所以排除這種可能。

第三，兇器上為何只有野間的血跡？如果是野間先捅殺大迫，大迫趁著野間掉以輕心的空當反撲一刀，就算野間的血跡覆蓋了大迫的血跡，但刀上必然或多或少沾有一些，不可能只出現在地上和野間的手上。

法水心想，也可能存在超乎常理的事實，即假設「內出血」的密室是正確無誤的。符咒很有可能是他們其中一人準備好的，先前犯下殺人事件的兇手在彌留之際掏出另一張咒符，偽裝成被還未入法網的真凶刺殺的情況，引起大眾恐慌，達到目的。照這個情況看來，很有可能是留下指紋的大迫幹的，因為他在彌留之際無法顧及自己的指紋是否留在備用的符咒上邊，而兇器上的血跡也許是大迫被刺後下意識的用衣服擦拭刀鋒等待機會，進而刺殺野間，這樣刀鋒上就只有野間的血跡了。事件的全貌應該是這樣。

如此一來，連續殺人犯毫無疑問就潛藏在旭屋劇團當中，接下來便要從第一起案件開始搜查。正當法水動筆寫搜查意見時，他的目光被另一份報紙上的標題吸引住了：

K縣殺人魔長達兩個月的瘋狂殺戮並未終結！
戲偶大師波多野徹平的二位高徒慘遭殺害！

「太刀田老師，這也太沒懸念了。」柄刀主編眉頭皺成了「川」字，「謎底幾乎都已經寫在讀者面前，讓他們怎麼猜呀？」

「別擔心，柄刀主編。」

太刀田囧還是一副泰然自若的模樣，這讓柄刀有些好奇：「難道老師您留了其他後手？」

「如果我告訴您前文中藏著一條顛覆您認知的敘述性詭計呢？」

「顛覆我的認知？」

「是的，古典本格小說使用敘述性詭計並不犯規吧？那些黃金時代的作品就有不少，比如……」

「請讓我再讀讀看。」

半晌過去，柄刀主編還是未能發現太刀田囧說的那條敘述性詭計埋在哪，只能舉手投降：「老師，要不縮小範圍可以嗎？告訴我您埋在哪個章節裡也行吶。」

「這個麼……」太刀田猶豫了一會，「好吧，這則詭計出現在第一章的後半節，您一旦找到它，故事的結局就會顛覆您的認知喲。」

2、波多野徹平

波多野徹平第一次殺人，是在二十歲的時候。當時嫌偷雞摸狗的勾當不夠刺激的他，居然對看不慣的一個地痞痛下殺手，但他在殺完人後馬上後悔了。就在他以為不出幾天就會被關進監獄時，一個名叫旭屋響五郎的中年男子出現了，他為了素未平生的自己周旋於警方人士之間。後來警方居然答應不追究他的責任，一方面是因為這個地痞素來品行不端，是個有前科的傢伙，被他坑害過的人絕不是少數，他死去後幾乎所有人都把波多野當英雄看待，連對那地痞感到棘手的警方人士都暗暗叫好；另一方面，多虧了旭屋響五郎認識不少警方高層人士，並成功的說服他們。最後，波多野深深地被旭屋響五郎感化，答應他今後在劇團工作，沒想到如今卻成為了劇團骨幹。

到了後來，由於自己操控戲偶的技術十分高竿，沒過多久便輕鬆超越不少前輩，連旭屋響五郎本人都感到十分驚訝，便勸說他收下兩個弟子——大迫藏人和野間淳。

野間淳是體格偏胖，滿臉鬍鬚的男子，但他操控戲偶的靈動卻是與生俱來的天賦。而另一位名叫大迫藏人的年輕人，卻是一位相當俊美的男子，高聳的鼻樑、如年輕女子一般精巧細緻的五官令波多野印象深刻，一股莫名其妙的情感竟從波多野徹平心中蔓延開來，自己的情緒已無法抑制。當聽到大迫藏人要與旭屋響五郎的女兒玲子結婚後，波多野的情緒著實低落了好一陣子，但沒過多久，大迫漸漸發現他己和自己的妻子形同陌路，而且還懷疑妻子在外面有了男人。那天晚上，他去波多野家找他傾訴，當波多野看到大迫越發俊美的臉蛋以及白嫩的身軀，一股畸形的情感終於按捺不住從胸中噴湧而出，他再也無法控制自己……

在這之後，**波多野與大迫藏人**開始趁玲子不在時祕密相約，享受這畸戀的快感。而大迫一方面接受波多野的畸戀，另一方面又無法容忍自己妻子出軌的行為，並在暗中調查，沒想到卻死於非命……

波多野冷笑著掏出短刀，擦亮了刀鋒……

四、二重推理

1、法水太郎

錯了！錯了！全都錯了！

法水太郎忍不住又抓了抓腦袋。

我的推理全都錯了！

他看著新聞標題，暗自懊惱。

如果兩人爭執的事是連續殺人犯罪的契機，那麼為何事件早在兩個月前就發生了呢？二月四日是第一起案件發生的時間，而根據波多野徹平的說法，三月三日才是劇團的巡演、也就是兩人反目成仇的時刻。這麼一來，連續殺人事件的契機就不可能是因為這件事，而是早有預謀！

突然間，一種想法穿越法水的腦際，他開始瘋狂地抓著自己的頭髮。

莫非這是從一開始就算計好的？

大迫和野間的矛盾是出自更有心計的真凶之手？

隱藏在他們二人背後的另有其人！真凶的計畫從那天晚上就開始實行了，野間其實並沒有說謊，的確有人在一片漆黑的過道中將大迫的戲偶焚毀，那個人應該就是他的妻子——大迫玲子！沒錯，這樣一切都能說得通！

眼睜睜地看著戲偶被燒成黑炭的大迫勢必會懷疑這是野間所為，輕則產生不信任感，重則大打出手，反目成仇，對玲子來說，很幸運的，事情往後者的方向發展。當她得知計畫成功之後，接著利用自己的美色接近野間，可能還趁機煽風點火、挑撥離間，增加野間對大迫的仇恨。眼看他們之間的仇恨達到不可調節的地步，玲子果斷犯下第三件殺人案，並與野間幽會時向其透露在丈夫那兒發現能作為證物的波斯符咒，引導野間確定大迫即是連續殺人犯，甚至還可憐兮兮地對他說大迫的下一個目標就是她，哭求野間保護，或許還說了她喜歡的其實是野間之類的話吧。野間聽聞後大駭不已，玲子的話更是激起了他的保護欲，他心裡盤算著把大迫好好修理一番，然後將玲子從他手裡奪過來。愚鈍的野間萬萬沒有料到他僅僅是身旁的玲子計畫中的一枚棋子。

隔天早上，玲子知道丈夫的作息習慣，把偽造的波多野徹平的字條塞到他必然會接觸到的某個地方，例如大迫藏人翻看的晨報。她心想師傅之命弟子肯定不敢不遵從，而大迫果然如玲子所料，真的在十一點出現在劇團休息室裡。早早就在那候著他的野間對他亮出刀子！

不、不，他們可能還交談了一番，大迫藏人定是發現了玲子暗藏著只有殺人兇手才會擁有的咒符，帶上這個向歐斯底里、一口認定自己是兇手的野間解釋，這才使得其中一張符咒上有大迫的指紋。

野間對大迫完全不信任，直接拔出亮閃閃的刀子向大迫撲去，但大迫反應很快，反倒把刀鋒逆轉，直接捅向野間的腹部，野間奄奄一息。而這時，在窗戶旁窺視已久的大迫玲子出場了，她定在大迫藏人刺殺野間之後、神情恍惚之間殺了他！

究竟是用什麼手法呢？此時此刻大迫藏人肯定知道玲子是連續殺人事件的真凶，如果看到玲子在窗邊，即使神智再不清醒也不可能傻乎乎地跑過去。玲子一定是用了什麼方法。

對了！

是戲偶！

大迫藏人一直視自己的水右衛門戲偶如心肝寶貝。在刺殺野間後腦子一片混沌，有如陷入幻境一般。此時，他看到窗外浮現的明明已經被損毀的水右衛門戲偶，傷感、激動、興奮之情一起襲來，這是他做夢都想贖回的至寶啊！

法水此時彷彿能想像到大迫藏人看到本應被燒毀而又浮現在窗外的戲偶時的模樣。他的腦子裡肯定迴蕩著曾經和它共同演出時的一幕幕，甚至不敢確定眼前的一切是真實還是幻覺，或許還有如夢魘般地低吟起淨琉璃。

「勇猛兵助既斬又刺，奸邪惡黨仍不敗退，前後左右刀鋒相接……」

他定是一邊哼唱一邊走向水右衛門戲偶的，當他打開窗戶時，沒想到這戲偶分明是玲子準備好的。待他反應過來時，玲子手中的刀已狠狠刺向了藏人，並在他的身上貼上了符咒，接著把刺向他的刀拔出，她或許仔細控制拔出的速度、力道和方向，減少血液的噴濺量。拔出的刀就這樣被她帶走了，所以在案發現場的刀子只能檢測到野間的血跡。

但這樣一來，豈不是和命案現場的陳屍狀況不符？

答案就是奄奄一息的野間看到玲子刺殺藏人的一幕，心裡想著無論怎樣都必須保護玲子，正是在這種動力的驅使下，他竭盡全力地走向窗邊，將大迫藏人拉回房間的中央。為什麼野間的手上有大迫的大量血跡呢？這是因為野間知道不能讓大迫的血滴在窗邊的地上，否則玲子就會被懷疑，或許在玲子拔刀的一刻，他已經在大迫後面用手緊緊封堵住血跡噴出的路線。之後，玲子將窗戶關上，為了不讓窗戶鎖沾有血跡，野間用手肘將窗戶的鎖扣上，密室就完成了。接下來的任務就只是把大迫扛到房間正中央就行了。野間一定在想，這樣完美的密室，警方一定會束手無策的吧，玲子也一定不會受任何懷疑達到目的的。想著想著，他的雙眼就慢慢閉上、再也無法睜開了……

沒錯！就是這樣！

可是，玲子能預料到會發生這種局面嗎？

不，仔細想想，原本的計畫就是野間除掉大迫，然後裝作正當防衛的樣子，繼而玲子也可以作證——在丈夫身上發現那張波斯咒符，即使大迫藏人沒把咒符帶來，她也會從自己身上掏出一張，放在丈夫的手中，並指證兇手就是他。只是後來的情勢是她完全未預料到的，但她居然通過惡魔般的智慧隨機應變，而為了得到玲子的愛分不清是非黑白的野間也完美地配合她的工作。

法水興奮地揪住頭髮。

一定是這樣的！犯人就是大迫玲子！現場出現的所有反常之處都能一一解開！

K縣連續殺人事件的開端是二月四日，從那時開始，玲子就已經部署好了一切，事態完全按照她的計畫運轉……多麼可怕的女人啊……

等等！

正在興頭上的法水突然想起大谷警官說的話。他曾說過接受審訊時的波多野徹平眼神中透露出對任何事情都漠不關心的樣子……

漠不關心……莫非……他已經知道了？

2

（摘自ＸＸ年四月四日《晨間新聞》）

旭屋劇團又掀新慘劇！

戲偶師傅遺書指證真凶！

昨日淩晨二時，公寓管理員發現作為前一起殺人事件重要關係人的劇團戲偶師傅波多野徹平以及被害人大迫藏人的妻子大迫玲子陳屍在大迫家中。據悉，波多野徹平先用刀刺殺大迫玲子，而後自殺，並在上衣口袋中留有遺書。遺書通過自己身為惡人的直覺、對案件的分析以及在玲子枕中發現咒符為證，指認大迫玲子就是K

縣連續殺人事件的真凶，並痛下決心與其同歸於盡。經警方人士詳細剖析搜證，K縣殺人事件確係大迫玲子所為，整個案件告一段落。關於本案的詳情，將在本報晚間版新聞報導中為您揭開。

PART 4

生死存亡

VII 推理小說家的謊言

一、太刀田囧

1

一千位作家，有一千種拖稿方式。

數週前的一個黃昏，新作《阿基里斯學院殺人事件》依舊沒有絲毫進展，我煩悶地從家裡出來，沿著山邊往北走。現今的推理小說是越來越難寫了，有些作家一上了年紀，想像力便受到現實生活的禁錮，行文也就跟著古板起來。前不久，《Mystery 春秋》的編輯小Q在收到紛至沓來的讀者來信後，向我下達最後通牒——下一部作品的題材務必要有所創新，否則主力作家的地位就不保。

臨出門前，對著電腦螢幕上剛敲好的文字，我深深陷入了迷茫：

這所學校令人感到困惑的地方有很多。因為我和玲子五歲之前從未上過學，或者說是因為五歲前的記憶太模糊了，即使去過學校也不曉得正常的學校到底是什麼樣的吧，但在圖書館（圖書館只有一層，裡面放了很多書，但絕大部分的書櫃都上了鎖，能讓我們看的書其實只有十幾本）裡看過關於學校的圖片或者描述，總覺得這學校和書上介紹的有所不同。

我們在書上看到的學校基本都由教室組成，好像每天都過著學習的生活。但這所學校裡，只有教我們讀書寫字的島田老師，而且老師教給我們的只是些基本的字詞。圖書館裡的書，我們幾乎都是跳著讀的，這樣理解起來會有偏差，甚至有些段落完全弄錯，更奇怪的是，當我們拿著這些書去請教島田老師時，他有時居然氣的暴跳如雷，命令圖書館的管理員雨村先生把一些書藏了起來。而且，即使島田老師教會我們寫一些字，也從不讓我們把紙和筆帶出教室，在我的記憶裡，只有去校醫那的時候有寫過類似自己的姓名之類的資訊，其餘的時間真的連寫字的機會都沒有。到了後來，在我們死纏爛打之下，雨村先生終於同意讓我們看看島田老師藏起來的一些書，裡面盡是些我們看不懂的文字。玲子拿著這些書請教雨村先生，但他也說不知道。

雨村先生的腿腳不方便，只能拄著一個叫「拐杖」的東西行走。不過，我和玲子都覺得他是一個好人，每天帶著太陽一般的笑容迎接我們，並且還把島田老師藏起來的書偷偷讓我們看。看的出玲子很喜歡雨村先生，比我還喜歡，而他對玲子的確比對我還親切許多。就在他讓我們看那些書籍的第二天，玲子吵著要再去圖書館。當我們一到那卻驚奇地發現，管理員竟然換了一個人，雨村先生已經不在了，島田老師的解釋是雨村先生回老家去了。但我們絕對不相信這種說法，因為雨村先生前一天還答應教我們讀圖書館的書，寫一些島田老師沒教過的字。

這樣的雨村先生怎麼可能會突然不見了呢？還有一點，雨村先生平常拄著的拐杖在學校的醫療室裡被我們發現了。那天，我和玲子被島田老師叫去醫療室，說是填一些資料。但就在我們填寫資料的時候，發現醫療室牆壁的角落豎著雨村先生的拐杖！

雨村先生怎麼可能不靠拐杖自己回老家呢？

在北山醫生和島田老師的小聲交談中間，我和玲子豎著耳朵隱約聽到了一些字句，心裡的悲痛之情油然而生：

雨村……真可憐啊……只是……做了……這些……就被……了

我們還沒反應過來，就被北山醫生叫去診療室裡面了，在那裡我們剛進門就被奇怪的機器罩住，接著傳來一陣劇痛，就什麼也記不得了……

說實話，我本不願撰寫這類「設定系」的推理小說，但由於小Q的吩咐，也是無可奈何。現今的讀者年齡層不同往日，先前堅守古典推理的讀者如今已是寥寥無幾。不論是讀者還是作者，都紛紛加入新派小說的陣營，只要故事新奇有趣就被認定為佳作。據我所知，連《Mystery春秋》都開始刊登十一、二歲的小學生的稿件，還受到很好的反響。

——這年頭連小學生都來和我搶飯碗！

思及此，我更是對自己選擇專職作家這條路感到迷茫。曾經炙手可熱的社會派推理作家——太刀田囧，也不得不順應時代的潮流，陷入寫新派推理維生的窘境！

到了山腳下燈火璀璨的鋪石路，忽然腿腳無力，想必是積勞成疾。然而接著一陣劇烈的眩暈徹底把我擊垮，遠處的山巒、明月……整個世界都開始天旋地轉。一切發生得毫無預兆，儘管蹲了下來，但這種感覺並沒有停止。在我意識徹底消散前，梳著桃瓣型髮髻的紅衣姑娘正憂心忡忡地朝我飛奔而來。

呵，真是美麗的姑娘啊。

然而，她的身體開始扭曲，形成了火紅的漩渦，下一個瞬間，眼前已是一片漆黑。

2

勾手指，
勾手指，
騙人的人要吞千針，
切掉小手指。

吞千針……
不知是哪裡發出的聲響。
又好像是源自身體裡。
昏昏沉沉的我吃力地睜開雙眼。
「太刀田老……哦，不……太刀田先生，請配合我們量體溫，謝謝！」
護士小姐險些說漏了嘴，笑盈盈地表達歉意。畢竟，我事先交代過院方盡可能替我隱瞞身分。
「剛才有人在唱童謠嗎？」
「童謠？」

「說謊吞千針的童謠。」

「明明一點聲音也沒有。」

護士感到疑惑地搖了搖頭。

「對了，今天是第十五天吧？」

「啊？」

「難道不是？我記得……好像是八月一日入院的……」

「太刀田先生，今天已經是八月二十日啦！」

她將擺在床頭櫃的日曆本遞到我面前。

「啊……已經過去那麼久了？」我含糊地喃喃自語。

紅色的粗號字體表明今天是個週末，是上班族有機會放鬆身心遊山玩水的日子，不過這一切和我毫無關係，大學畢業至今，我一直以推理小說創作為業，從未給別人打過工。

我將目光移到日曆本的右下角：

宜：經營、交易、求官、求醫

忌：大事不宜

「大事不宜……嗎……」

「呵呵，太刀田先生一直待在醫院裡，能遇上什麼大事？」

對了，明天按說應是《Mystery 春秋》的截稿日。

「護士小姐，麻煩把我的筆記本電腦給我好嗎？拜託了！」

「傷腦筋……太刀田先生應該好好休養才是。」

「不讓我打字，我渾身不自在。」

前陣子，經過K綜合醫院的醫師細緻檢查後，告知我只是得了前庭神經炎。所幸問題並不嚴重，只需要鎮靜、安定的修養治療配合定期用藥即可。

護士拗不過我，勉強應道：「只能寫一個小時哦。」

開機後第一件事便是確認社交平臺上讀者的留言。果不其然，只要作者一臉歉疚的穿上病號服，讀者們就會以寬容的心態回應。

＞＞福爾莫絲：太刀田老師辛苦了！

＞＞海岸邊的小魚鉤：看眼神很憔悴的樣子，不會得了什麼重病吧？

＞＞Fafa112：作家這行真不容易。偉大的太刀田老師！當然小Q也很努力哦，一起加油吧！

＾＾姬顏Nasi：《阿基里斯學院殺人事件》我一直追著呢，太刀田精彩的轉型之作！

＾＾薛定諤的貓：天吶，第一次見到太刀田老師爆照，把我嚇了一跳……

VCZ回覆薛定諤的貓：請你尊重太刀田老師，太失禮了。

薛定諤的貓回覆VCZ：抱歉，抱歉。

＾＾我是機智王：太刀田老師加油哦！

逐個回覆關心我的讀者們，的確有種從未享受過的愉悅。延長修養期，還能獲得讀者們的支持，真是有百利無一害！

然而，事事總非順心如意……

如果裝病拖稿的祕密讓讀者或者編輯部知道的話，就大事不妙了……

「阿金先生，這兒是您的新床位。」

門外傳來護士小姐銀鈴般笑聲，跟著她進來的是一位拄著拐杖的小夥子。雖然瘸了腿，但看上去是個開朗的人，還一邊說著無聊的笑話逗護士小姐開心。

「啊！您就不是太刀田老師嗎？」對方突然揚起拳頭，欣喜若狂，「能在這兒遇見您，真是太幸運了！」

不祥的預感立刻應驗了……

二、《Mystery 春秋》雜誌編輯小Q

消毒水的味道真難聞。

我一面捂緊口鼻，一面拖著沉重而疲憊的身軀在K綜合醫院艱難地前行。好不容易走到一樓，坐在等候席的病患紛紛朝我投來奇異的目光，雖然見怪不怪了，但還是討厭這樣令人不快的視線。醫院外有個小花園，晚餐後不少坐著輪椅的患者在家屬的陪護下在那兒散心。

此時的我正巧內心煩悶，來K綜合醫院報到著實是無妄之災，一切都得怪突如其來的意外。據說，「過勞病」的魔爪慢慢伸向剛步入社會不久的年輕人，許多工作兩三年的職場菜鳥由於承受不住過重的心理負擔，罹患各種職業病。經過這次意外，我才明白自己的身體已經敲響了警鐘，若不把握好今後工作的強度，恐怕會有更多意想不到的突發狀況。

抱怨也是無濟於事，我緩緩地往小花園方向前行。

右側有兩扇門，其中一扇尤為詭異，「手術室」這幾個大紅字漆在透明的玻璃門上，令人背脊發涼。當病人躺在活動床，被護士急匆匆地推進這扇玻璃門之後，他們的家屬就只能徘徊於大門外，提心吊膽地望著那黑漆漆的世界，仿佛在眺望無底的深淵。

思及此，我似乎看到了死神正在那裡遊蕩，隨時可以伸出魔爪奪走病患的生命。

——還是不看為妙。

一面這麼想著，一面加快速度逃離。

就在這時……

「哈哈，真是個單純的小夥子。」

耳畔傳來熟悉的聲音，我一轉頭，便看到太刀田那傢伙，他的臉上還掛著得意洋洋的笑容。

「什麼事情這麼好笑？作家大人。」我朝他打趣道。

「小、小Q啊。」太刀田果然嚇得臉都綠了，語無倫次地問道，「你、你……該不會是想監視我，然後向主編彙報吧？」

「瞧你神采奕奕的模樣，想必已經完全康復了。你應該清楚，明天就是雜誌的——截、稿、日。」

「咳、咳，我的頭……怎麼又開始痛起來……」

太刀田捂著腦袋，又開始施展拙劣的演技。也罷，對拖稿手段早已輕車熟路的作家，我原本就沒抱什麼期待。話雖如此，太刀田的新作《阿基里斯學院殺人事件》卻是難得的好作品，也就是說，還有督促他工作的價值。

三、太刀田囧

1

「話說，太刀田先生剛才究竟在高興什麼？」煩人的小Q還是不依不饒，就像蒼蠅一樣甩都甩不掉，或許這就是我們之間的「羈絆」吧。

小Q可是《Mystery春秋》負責催稿的編輯，被他發現這一破綻，真是太大意了。

「不會是為裝病而沾沾自喜吧？」

「哪、哪裡……」看他的樣子，不管再如何解釋都是無濟於事，我只好認倒楣，「你也知道，作家總得有忙裡偷閒的時候。去年的天樹、前年的稻村……他們都有過兩個月的休假時間，憑什麼我……」

「那是因為他們早在六月份就寫完全年量的小說了，和你的情況可是大不相同。」

「別這麼說，我這可是慢工出細活！」我只能尷尬地在一旁陪笑，「小Q，請你務必幫我保守這個祕密呀！要是被讀者識破，我就慘了。退一萬步說，《阿基里斯學院殺人事件》連載情況十分順利，你們也不希望因為這種事降低作品的人氣吧？」

「唔……傷腦筋。」對方好像真的犯難，「所以剛才你是因為在隔壁床的病人面前瞞天過海感到得意？」

「哈哈，還真是什麼都瞞不過你。而且，看那小傢伙的名牌，他也姓太刀田，真是幾世修來的緣分啊！」

就在這個時候，病房裡傳來護士小姐的聲音，聽上去像在呼喚我的名字。

「糟糕，服藥的時間到了……」

拜睡眠不足所賜，我拖著疲乏而昏沉的身軀，朝病房方向前進。

「啊，主治醫師換人了嗎？」

站在病床前的，是一個呆板的男人，看上去四、五十歲。雙眼被厚重的鏡片遮覆，因為陽光反射的關係，無法看清他的表情。如果他不開口，真會讓人以為是個人體模型。

「太刀田先生，您之前的主治醫師田中先生已經離職，現在由我負責您的治療工作，敝姓小手川。」

他恭敬地向我鞠了一躬，我趕忙施以回禮。

「太刀田先生，聽說您是一位大作家？」

「哪裡、哪裡，只不過出版了幾十本推理小說。」

「已經是很了不起的成就了！」這位叫小手川的醫師依舊面無表情，似乎是為了例行公事而不得不做的寒暄，「接下來，請您安心躺好，我們即將開始下一個療程。」

他側過身，拿起一只裝著淺黃色液體的藥水瓶，將藥液吸進針管。

「等、等等……什麼是下一個療程？你到底在說什麼？」

不等我理清頭緒，護士小姐又夾了一小團酒精棉在要注射的皮膚上擦了擦，小手川手裡的針管眼看就要逼近。

「你這傢伙，給我解釋清……」

話還沒說完，手腕處一陣刺痛襲來，我便再次不省人事。

2

「可惡！究竟是怎麼回事？」

我沒好氣地抱怨道，手腕處的痛感仍未消除。

「你覺得不舒服嗎？」

一旁的小Q關切地問。

「莫名其妙被紮了一針，我一定要找到那個小手川，弄明白他究竟搞什麼花樣！」

「經你這麼一提，我還真有些擔心……」

「那還用說？要是我不在了，你也沒好日子過。」

來到醫師辦公室，看見第二扇門掛著的門牌寫著「小手川澈夫」，但門已上鎖。正當要踱步返回時，我聽見走廊盡頭傳來窸窸窣窣的聲響。

那機器人般毫無情感的語氣……

沒錯，一定是他！

「你這傢伙，到底搞什麼名堂！」

站在小手川對面的，是個梳著大油頭的男人，他像老鷹盯著獵物一般凝視著小手川。

「對、對不起，院長……」

小手川低著頭，從緊握的拳頭看來，他似乎非常焦慮。

「這不是道歉就可以完事的。小手川，你知道那種藥的功效嗎？給健康的人類注射會造成什麼後果？」

「……激化細胞病變。」

「虧你還是主任醫師，做事未免太不負責任了！」

「對不起，院長大人！」小手川依舊沒有抬起頭，「都是我不好，我不該搞錯太刀田先生的病歷卡。」

「真是抱歉。」

「兩個人都姓太刀田，你就搞混了？」

什麼？這傢伙給我注射的該不會是……

「我想知道你下一步要如何處理。」院長收斂起怒容，進而問道。

「院長，您不覺得這是測試新研發藥劑的大好機會？」小手川像是見到黑暗中的燭光，抬起頭試探虛實。

「你的意思是……用太刀田先生來……」

「沒錯，明天我再給他安排注射療程，這樣病變細胞特徵就會更加明顯，到時再用我們研發的新藥劑施以治療，豈不一舉兩得？」

「這樣啊……」院長摩挲著蒼白而堅硬的鬍鬚，思忖片刻，他竟撫著小手川的肩膀促狹道，「切記，這件事決不能讓第三個人知道。」

「沒問題，更何況對太刀田先生這樣隨時受到生命威脅的人來說，作為試驗品真是再恰當不過了。」

「小手川，好好加油。」

「院長請放心！都是為了醫院的未來！」

不！一定是哪裡弄錯了！這是哪門子院長！

繼續待在這裡的話，別提寫作了，就連小命都保不住。為今之計便是儘快逃離地獄般的病院！

「太刀田，請先冷靜下來。」

身旁的小Q突然在我耳畔說道。

四、《Mystery 春秋》雜誌編輯小Q

「你知道這麼做會有什麼後果？」

太刀田看上去已經徹底陷入恐慌，我得先穩住這傢伙。

「少廢話，我只知道再這麼下去，連小命都不保！」

「如果你就這麼溜之大吉，隔壁床的年輕人一定會把你在裝病的事公之於眾的，你考慮過《Mystery 春秋》的立場麼？」

他還是半信半疑，我只好從口袋掏出手機。

「這、這傢伙居然在寫住院日記！」

「你果然不知道……他似乎把同病房之緣當作是上天的恩賜，於是把你的一舉一動都給記錄下來。」

「……沒想到太刀田大師的鼾聲出奇的大……今天的太刀田大師還是和往常一樣，六點三十分起床，二十三點十五分休息，午睡時間為兩小時四分鐘……我的天，那傢伙已經把我當成研究物種的對象了嗎？」

「所以，你要是這麼走了，他一定知道你之前是在讀者面前裝病，對他打擊一定很大。再者，你也聽到剛才院長和小手川的對話，那個姓太刀田的年輕人看起來似乎患了比較嚴重的病症，身為偶像的你一走了之，會對他造成莫大的打擊。」

「唔……也不無道理。」太刀田這才恢復平靜，「可是，如果不出院，我遲早死在小手川醫師手裡。如果出院，又無法給隔壁床的讀者交代……」

「結論已經很明顯了，你只有一條路可走。」

五、太刀田囧

打開筆記本電腦，以最快的速度敲擊著鍵盤。此時的我——著名推理作家太刀田囧，正在和時間戰鬥！

（前略）

這間「宿舍」鋪著十塊榻榻米，榻榻米的下面是木板，除此之外，只有衣櫃以及一個簡易的痰盂，充當解急之用，所以整個「宿舍」都彌漫著一種奇怪的氣味。整個「宿舍」唯一通風的地方就只有一個不大的通風口，其大小可以供我們出入，但它鑲著五根粗鐵棍子，所以，不能從這爬到窗外去。

至於我們在學校四年間發生的怪事，末子的記錄已經很詳盡了。我就從她說服我逃出學校的那天說起吧。

那天末子突發奇想，她居然竟想到通過挖通風口上鑲著的粗鐵棍下面的牆土取下粗鐵棍，然後從通風口逃脫。聽到她的計畫，我吃了一驚，心想憑我們的力量至少也要花不少時間吧。但是只要末子拿定了主意，誰都勸阻不了。於是，我們開始每天半夜偷偷挖牆土，我們留著的手指甲幾乎都給弄斷了，牆土上還混雜著我們流下的血跡。但幸好粗鐵棍鑲得不是很深，而且島田老師那幾天不知在忙些什麼，居然沒有被他發現。

不知是幸還是不幸，我們取出兩根粗鐵棍後，就可以順利從通風口逃脫了。可就在我們剛剛逃離「宿舍」時，島田老師居然站在我們面前，黑夜完全遮蓋了他臉上的表情。我和末子害怕極了，只想著要逃跑。

這時候，我終於想起了第一天入學時被她們警告的話語：

看……你們感覺無聊了……可以去操場……玩累了……可以到廚房吃點心哦……但是……千萬千萬別……出校門哦……否則……會……被我們……

■■■■■■

會被我們■■■■■■

會被我們通通■■■■

會被我們通通殺掉的哦

如果你們兩個還不聽話，就會把你們[redacted]，這樣即使你們自由了也都活不下去吧。

就會把你們一[redacted]

就會把你們一個個[redacted]

就會把你們一個個殺掉

我們會被殺掉！

原來我們半夜聽到的聲音是學生們被殺而發出絕望的叫喊！凡是企圖逃出學校的學生都會被殺！

當時唯一想到的就只有跑！拚命地往前跑！

這和美樂斯*不一樣，美樂斯是為了人類的光輝而奔跑，我們則是因為反抗某種

* 太宰治《奔跑吧！美樂斯！》的主角

人類的陰暗面而被迫狂奔。

但是兩個孩子畢竟跑不過一個成人，而且，島田老師居然召集了手上拿著武器的「保安」。他們瞄準我們瘋狂掃射，末子身上接連被射穿三個大洞，紅通通的血從心臟順著上衣的褶皺處緩緩流出，不管我如何焦急地搖晃、對她大喊，她都沒有任何回應。

後來，我拖著已經說不出任何話語的末子被關進了北山醫生的診療室。見到滿身是血的末子，北山醫生居然面無表情，還用奇怪的儀器對著我們，不知記錄些什麼奇怪的東西……

只要想起末子的死，我心裡就充滿著愧疚，早知會有這種下場，當初就應該阻止末子那異想天開的想法……

視野變得模糊了……

大概，再過不久，我也要離開人世了。我從口袋裡掏出紙和筆，學著末子記下這些事情。如果這手記能夠被別人發現，請告訴我們究竟發生了什麼事。因為我和末子都不想在什麼都不知道的情況下帶著遺憾死去。

看到這手記的您，請務必告訴我們啊！

寫到這裡，我長舒一口氣。《阿基里斯學院殺人事件》第九章的連載總算是告一段落。合上電腦，我和小Q仿佛化身為小說中的主角，巴不得立刻逃離小手川醫師和院長的魔爪。我們換上各自的衣服，悄無聲息地走出病房。

來到樓層中央，向前望去是一扇大門，裡面有部電梯。老舊的梯廂發出吱呀吱呀地響聲，讓人焦急中又增添幾分煩躁。

只是，電梯門打開的那一刻……

「啊，是太刀田和小Q啊，你們也要下樓嗎？」

小手川上翹的嘴角幾乎裂到耳根，那厚重鏡片下眯縫的雙眸看起來更加瘆人。

六、《Mystery 春秋》雜誌編輯小Q

「傷腦筋……熬夜對身體可不好喲。」小手川隔著鏡片皮笑肉不笑地打量著我們，「還是說……你們倆根本不打算住在病房？」

「不、不……醫師您誤會了，我們就想下樓買瓶飲料，您應該不反對吧？」見太刀田哆哆嗦嗦的模樣，量他也回答不出什麼，幸好我急中生智這樣回道。

「雖然也不算有負面影響，但最好還是別離開醫院為好。」

小手川一本正經地回答。

「話說，這電梯怎麼搖搖晃晃的？」

絕非轉移話題，電梯裡的我們確確實實感受到強烈震感，伴隨著「喀啦喀啦」的可怕聲響，頭頂上的燈光開始變得忽明忽暗。

「真的……我只知道這部電梯很久沒檢修了，該不會……」

「這是什麼破醫院！我一分鐘都不想待在這了！」太刀田捂著腦袋嚎叫著。

「冷靜點，太刀田！」

話雖如此，自己的雙手也在微微顫抖。

電梯忽而逆向上升，忽而下降，我似乎聽到身旁太刀田心臟砰砰直跳的聲音，或者說，這聲音根本就是源自我的心臟？

一瞬間，似乎突然失明一般，梯廂的燈光全部暗了下來。

「完了，完了！我們要死在這兒啦！」

在黑暗中只聽見小手川醫師的大聲叫喊，然而這樣的喊聲很可能壓根傳不到門外的世界。

「小手川醫師，你冷靜點。這兒的緊急呼叫按鈕在哪？」

「不、不要問我，我不知道！」

心急如焚的我將身體挪到梯廂的右側，試著將所有按鈕一個個摁過去，但它們均未給予回應。

「太刀田先生，既然今天我們很可能都活不成，我也不怕告訴你了。」小手川一邊喘著粗氣一邊說道，「其實，一切都是院長的指示。」

「什麼指示？小手川醫師，難道你當時……」

「對，我和院長都知道您和小Q先生在門外偷聽。其實，院長那老頭子最喜歡惡作劇，那天早上和我交接的田中向院長彙報，您是因為躲避《Mystery 春秋》雜誌的追稿才來我們醫院的。恰好最近傳染病多發，醫院的床位十分緊張，因此院長他才……」

「可惡！我要投訴你們！」

「啊，好疼！太刀田，冷靜點！在這動粗萬一梯廂下墜怎麼辦？」

雖然看不清太刀田的表情，但此時他的臉一定漲得通紅。

「該死的老頭，他能體會在生死邊緣是什麼滋味嗎？」太刀田雖然收斂起動作，但仍然咄咄逼人。

「實在不好意思。不過，拜他所賜，先生您的新稿不也順利完成了？真是可喜可賀！」

「有什麼好高興的！搞不好那會是我的絕作啊！你知道多少讀者期待……」
太刀田的聲音越來越模糊，這時我才體會到梯廂裡的空氣逐漸變得渾濁。
「小Q，你怎麼了？」
太刀田發現情況不對，轉頭問道。
「我的頭……好暈……」
「可惡……真的沒有辦法了嗎？」
眼睛……也快要閉上了……
然而，昏暗的梯廂忽然閃爍了幾下，像重新煥發出生機一般。

七、太刀田囧

「啊！我知道了！是『黑匣子』！」
缺德醫師——小手川澈夫挑起眉毛興奮地說道。
「什麼『黑匣子』？」
「就是電梯救援隊啊！他們在電梯裡安裝了『黑匣子』，一旦發現電梯數據異常，就立即派人上門提供救援。」

「也就是說，我們有救了？」

「對。相信他們已經在門外展開救援工作，估計不出一個小時，我們就能離開這個鬼地方！」

「一個小時……」

大事不妙，我也開始犯睏了。

空氣變得渾濁。

是窒息嗎？

頭好疼，就快失去知覺……

這回，著名推理小說家——太刀田囧，即將成為真正的病人。

K綜合醫院……

恐怕會是我一生的夢魘……

在思緒即將消失的剎那，梯廂內的燈光終於全部亮起。隨著清脆的提示音，門終於開啟，從外頭傳來的亮光宛如來自世界彼方的召喚。

「終於……得救了……」

我倒下的那一刻，最後映入眼簾的是一群拿著相機的人們，有的呼喚著我的名字，有的面無表情地在筆記本上記錄著什麼，也有的臉上掛著事不關己的微笑。總之，電梯門開啟的那一刻，我和小Q都失去了意識。

勾手指，

勾手指，

騙人的人要吞千針，

切掉小手指。

熟悉的童謠再度縈繞耳際。

或許，這就是上天給我的懲罰。

八

（摘自《Mystery春秋》二〇xx年九月刊卷末預告）

《阿基里斯學院殺人事件》停載通知

由於太刀田囧先生和本刊編輯小Q在住院期間意外受傷，廣受好評的長篇推理小說

《阿基裡斯學院殺人事件》暫停連載，具體復刊時間需視太刀田先生健康情況而定。請讀者朋友們一起為太刀田先生和小Q加油鼓勵，在留言板上寫下你們的祝福吧！

（摘自K市《晨間新聞》都市C版）

著名推理小說家遇電梯事故　電梯應急救援隊首立功

本報訊。今天淩晨，著名推理小說家太刀田囧在K綜合醫院休養期間遇電梯事故，所幸新成立的專屬應急救援隊及時到場搶修，目前傷者病情趨於穩定。

太刀田囧以及《Mystery春秋》雜誌編輯Q君一直以「作家&編輯」這對**連體人**搭檔的現代奇跡為大眾所熟知，被譽為自昌和昂*之後，世間最不可思議的連體人。此前，太刀田囧正於該雜誌連載長篇推理作品《阿基里斯學院殺人事件》，甫一刊登即成為推理迷們熱議的話題之作。

---

* 世界上最著名的暹羅連體人。他們在腹腔由一塊肉和軟骨相連，儘管行動上諸多不便，生活上被他人歧視，但還是頑強地生活下去，不僅用自己的努力成為美國公民，還成功地結婚生子。

Ⅷ 推理小說家的消失

第一屆「貓狼城」推理小說大獎賽
獲獎作品

一等獎

太刀田囧《推理小說家的絕境》

二等獎

小島康園《櫻花樹下》

渡邊由紀《最後的祭典》

三等獎

西村太郎《第二時效》等十部作品

一

1、太刀田囧

大廳內，昏黃的燈光下，太刀田囧細細端詳著剛從快遞員手中接過的沉重包裹，目光反覆徘徊在收件地址一欄裡，終於得出了結論——這東西的確是寄給自己的。一層層的報紙、氣墊層像捲心菜一樣被剝開後，出現的是一張被包裹的嚴嚴實實的信封。

究竟是誰這麼裝模作樣，寄一封信還要如此費勁地包裝。他滿不在乎的打開信封：

幸運信

尊敬的太刀田囧先生：

首先恭喜您得到了我們發出的「幸運信」，或許您要抱怨都什麼年代了還玩這種小學生遊戲對吧？但是很遺憾，這並不是什麼幼稚的想法，因為如果您沒將這封信用快件的方式在二〇XX年二月一日前轉給五個人，那麼您將會受到懲罰。究竟是什麼樣的懲罰呢？可能是從這個人間澈底消失哦，不論是誰都找不著您，所以，在您收到這封信之後立即行動吧，時間應該還有兩到三天，為了不讓厄運降臨，加油吧，太刀田囧！

幸運信

二〇XX年一月二十八日

世上不會有第二個人叫太刀田囧，所以這封信一定是寄給自己的沒錯。不過，社會上真的有這種人嗎？不惜花費價格不菲的運費也要做這種小學生遊戲。而且現在已經是二月三日，在自己收到這封信的時候就已經過了他們所要求的期限。

太刀田再仔細的看了看寄件資訊，上頭根本沒注明寄件人和寄件地址，只是寫了「幸運信」三個字，而且期限已過，更談不上按信中的指示轉寄給別人了。

想到這裡，他便把信封揉成一團丟進垃圾桶。

2、《Mystery 春秋》編輯部

「你好，這裡是《Mystery 春秋》編輯部！」在對方自報家門後，編輯柄刀二立馬笑顏逐開，「哦！是太刀田老師啊！我剛想打電話給您呢，為的就是提醒您，您的新作《推理小說家的末日II》完結篇請抓緊了，這期的截稿日期快到了喲。」

還沒等柄刀二說完，電話那頭的太刀田就插話道：「柄刀編輯，你有收到過

『幸運信』嗎？」

「什麼？你也收到了幸運信？」

柄刀一的話就像一顆重磅炸彈，編輯部立刻人聲鼎沸。

「你的意思是……也有人收到了這種東西？」

「不、不會吧。那你寄出去了沒有？快點寄出去呀！」

對方的語速明顯加快。因為太刀田之前從未聽到柄刀編輯用如此奇怪的語調說話，他感到一陣背脊發涼。

「不可能寄得出去吧！」連柄刀編輯都能感覺到電話那頭的太刀田此時正冒著青筋，氣不打一處來，「你知道嗎？信中叫我二月一日之前寄出五封同樣的信件，但是我收到信已經是二月三日了，就算我想寄也寄不出去吧！」

「太刀田老師，大事不好了啊……」面對太刀田的怒斥和雜誌社同事看熱鬧的表情，柄刀編輯一邊掏出毛巾擦汗，一邊應道：「事實上已經有兩位作者收到這種信件了。」

「你說什麼？」

「這個……他們的情況也是跟您類似，不過他們收到信件的時候截止日期還沒到，但是他們不把這封信當回事，而且寄信的運費開支什麼的都由自己墊付，不論是誰心裡都會猜想是不是快遞公司出的什麼新點子對吧？」

「後來呢！」太刀田像推理電影裡粗暴的刑警一樣，對柄刀大呼小叫道，「他們怎樣了？」

「您還記得《推理小說家的末日》吧？那是您獲得『第一屆貓狼城杯推理小說大獎賽』的作品。」

「當然。」

「和太刀田老師您同期獲獎的渡邊由紀和小島康園您還有印象嗎？」柄刀編輯像是對電話那頭的太刀田進行確認。

「他們也收到這封怪信？」

「是呀！他們在信中的期限過後不出五天就都消失了！」

太刀田大叫一聲：「他們消失了？」

「是啊，渡邊由紀女士和她的母親一邊看電視一邊織毛衣，就在她和母親有說有笑的聊天過程中，像空氣一樣突然消失了！」

「怎麼可能！」

「這是真的，她的母親親口這麼跟我說的，就彷彿突然被外星人抓走一樣！」

柄刀編輯的語氣一點也不像開玩笑，「另外，小島老師則是和家人在山上散步的途中突然消失的。他的妻子和女兒都表示小島老師散步的速度非常快，平常都和她們拉開一百米左右的距離，那天也不例外，她們拐過另一個山道時就沒看到小島老師了，就算他行走速度再快也不可能脫離他們的視野才對。還有，我們編輯部的小Q編輯那天同一時間剛好從山頂上下來，他也表示一開始還看到小島老師朝自己的方向走來，正想上前打個招呼，不料下一眼就再也沒看到他的身影了。他起初還以為是自己眼花，但是等見到小島老師的家屬之後才確定，他的的確確是在他們的眼皮底下人間蒸發的。」

3、《推理小說家的末日Ⅱ》

（節選，摘自《Mystery春秋》二〇ＸＸ年第五十期A版）

「怎麼是木製的？」

進門前，我抬頭看了看房子，發現二樓部分比一樓向外突出了一些，真是奇怪的建築。另外仔細一看，牆壁也不是由木板直接拼成的，而是像魚鱗一般層層重疊在一起。如果這時候推理小說協會那群作家們在場，肯定又會大肆炫耀他們的知識，向我介紹這座木屋的建築風格之類的知識吧。聽房東說，這棟建築是某位著名推理小說家自己設計和負責建設的，二樓的書房是專門為小說家量身定做的寬敞空間，木製書桌、書架等一應俱全，這也是我決定租在此處的主要原因。在走馬觀花似的逛完一樓後，我立刻踏上木梯前往二樓。

一瞬間，一股寒意從我背脊直竄上來。

有一雙眼睛在盯著我！

那種感覺讓我想起了讀小學的時候春遊的情景。因為我從小就不愛說話，總是被大家疏遠甚至欺負，那次春遊也不例外。同班同學小島趁我離開校車去附近的便利店買食物的時候，偷偷把一隻臉被砸爛的死貓放進我的書包裡，當時我一心專注地想其他事情，竟對此毫無察覺。到了動物園之後，小島他們像突然消失了一樣瞬間不見人影，陰森的天空下空蕩蕩的竹林讓原本就膽小的我有生以來第一次產生寒意，這是一種極為不祥的預感。突然，我感到身後有什麼東西正注視著我，當我轉過頭去，竟和一只熒黃色瞳孔的黑貓四目相對，牠張著嘴，露著尖銳的牙，發出刺耳叫聲。正當我不知如何是好時，大大小小的石子從竹林裡的各個角落朝我飛來，我只能用手護著腦袋，發出沒出息的叫聲。

「太刀田君一個人來這裡做什麼？很危險呢！」我鼓起勇氣睜開眼睛，黑貓被石子擊中嚇得逃跑了，而小島他們不知從什麼地方出現，手裡還握著石子，發出陣陣的噁心笑聲。

「真是的，要不是我們過來救你，你早成了牠們的晚餐啦！」

「哇！你書包裡是什麼東西啊！好噁心！」這時我才發現自己的書包已經被那隻黑貓撕得破破爛爛，通過縫隙我看到了那顆血紅色的球體，這分明是被搗爛的貓臉……

伴隨著同班女生尖銳的悲鳴，我的大腦頓時一片空白，此時帶隊老師也聞聲趕來。

「想不到太刀田君是個喜歡虐待動物的傢伙！」「真是個變態啊！雖然平時就覺得他怪怪的。」「這種人內心最恐怖了！」「討厭死了，以後誰也別跟他說話！」

「喂，我們救了你，也不說聲謝謝嗎？」小島和其他兩三名同學臉上掛著勝利者般的笑容朝我靠近。

「我們冒著生命危險保護你，居然也不表示一下，太沒良心了。」小島是校長的兒子，他的話沒人敢違抗，甚至連班主任都對他的惡劣行徑表示默許。「這樣吧，我給你一次贖罪的機會。來，接著！」

四個沉甸甸的書包朝我臉上砸來。

「幫我們背到山頂吧，太刀田君。如果你覺得走不動了，可以把裡面的零食吃了也無所謂，算是我們對你的獎賞吧！哈哈哈哈！」

我打開背包，一股惡臭撲鼻而來，我頓時捂著嘴狂吐不止，酸溜溜的液體從口中奔湧而出。

裡面是數十只蟋蟀的屍體……

「吃吧！太刀田君！這不是你最愛吃的嗎？」

二

1、太刀田冏

幸運信嗎？

太刀田記得小時候的確有玩過這個遊戲。每當自己收到此類信件時，心中總會充滿不安，雖然自己明明知道不轉寄給別人也不會遭受厄運，但只要是人類或多或少都會有不同程度的迷信心理，倘若自己收到幸運信，還是會乖乖遵照信上所說的要求轉寄給別人。說穿了，這就是一個只會讓別人徒增煩惱的遊戲。小時候的自己不太會說話，早熟的性格在長輩眼裡看來也一點都不可愛，最要命的是，自己身體弱小，不喜歡運動，經常躲在圖書館或是教室的角落一個人陶醉在小說描繪的世界中，因此，經常成為別人欺負的對象。特別是幸運信流行的那段時間，班裡喜歡惡作劇的那些男生總喜歡把幸運信寄給自己，後來演變成一天內要處理一百多封信件。接著，他們變本加厲，每天轉發的信件加起來至少要兩百多封，實在無法完成的我只有被他們欺負的分，往我飯盒裡放昆蟲的屍體、在黑板上寫著辱罵我的言語，當我忍無可忍進行反抗時，他們總會故作無辜的表情解釋道這是幸運信帶來的懲罰……

在這之後的一年裡，我日益封閉在自己的世界裡，更少與人交流，父母看到這種狀況很是擔憂，就放下城裡的工作搬回老家。總之，太刀田認為自己與大城市的生活八字不合，在搬回鄉下的幾年裡，太刀田放棄了學業，投身於推理小說構築的世界之中，晴耕雨讀成了他數十年如一日的生活習慣，終於，自己的小說得到了出版社和雜誌社的青睞，成為了小有名氣的作家。

然而，數十年過去了，自己的生活環境也發生了翻天覆地的變化。父親在十年前心臟病突發身亡，母親則是由於悲傷過度，緊隨父親一起到了另一個世界。因此，太刀田的經濟收入主要來源就只剩下寫推理小說賺來的稿費了，加上平常幫不識字的村裡人寫信、題字，生活暫且不算困難。但是，萬一有一天自己無法寫推理小說呢？對於這個問題，太刀田想都不敢想。

2、《Mystery 春秋》編輯部

「既然已經有作家因為這個失蹤了，為何不提前告訴我呢？」太刀田在電話裡朝柄刀二吼道，「如果我為此無法繼續作家生涯，作為編輯的你也難辭其咎！」

「實在很抱歉啊，我沒料到事情會發展到這種局面。」

柄刀二邊說邊擦著汗，連續有作者離奇消失，而且是在眾目睽睽之下等同於人間蒸發般突然不見的。

「不過，太刀田老師請放心，只要把門窗關好，安心寫作，不要外出，相信一定不會發生類似事件的。」

「你在胡說什麼！別忘了，第一起渡邊由紀失蹤事件就是在家裡突然消失的！」

「那請關上房門努力寫吧！這期截稿時間都快到了，我們只剩下太刀田老師的專欄了，請務必在明天下午五點之前完成，萬事拜託了。」

「好吧。」電話那頭的聲音明顯沒了底氣，「我盡力而為。」

「老師千萬別說盡力而為這種話，請務必準時完成。」就在太刀田準備掛上電話的剎那，柄刀二用低沉的嗓音補充了一句，「還有，這次別又用場景描寫蒙混過關。」

3、《推理小說家的末日Ⅱ》

（節選，摘自《Mystery春秋》二〇XX年第五十一期A版）

自小學時代的那件事過後，每當有不祥預感來臨，自己的身體總會像發出信號般產生一股寒顫，是深入骨髓的寒顫。

我確定，當我第一次踏上小木屋樓梯時，也感受到了那種寒顫。

時間一晃就過了二十年，當年欺負自己的小島康園如今居然成為推理小說界小有名氣的作家，在推理小說家同好會上，自己遞出名片給眼前這位當今推理小說界備受關注的新人時，他首先與我熱情相擁，接著把我引到讀者群體最多的餐桌一同進餐。

「想當年，這傢伙可是經常被我欺負呢。」不知小島是真醉還是裝醉，開始口無遮攔了起來，「有一次，還被我們脫光了身子綁在樹上呢！哈哈哈！」

在座的都是雜誌社選出來的讀者代表，如果讓他們知道這些事情後果不堪設想。

「想不到小島老師是這種人。」

雖然他們表面上在譴責小島，其實真正的目的無非是為了從他嘴裡套取更多故事，而小島居然足足講了兩個小時，一旁的我終於體會到什麼叫做如坐針氈。

「太刀田老弟，自從你拿了那什麼『貓狼城』的一等獎後，連一部作品都沒有發表吧。」離開飯店後，小島還在沒完沒了地說，「雖然我只拿了二等獎，但在這之後我已經出了三部單行本喔，其中一部作品還成為這屆『江戶川亂步獎』的有力競爭者呢。」

見我沒有答話，小島更是得意洋洋地哈哈大笑。

「太刀田，看來你做什麼事都落在我後面哦。」

三

1、《推理小說家的絕境Ⅱ》

（節選，摘自太刀田高未完成的稿件）

（前略，內容為與事件無關的二十頁景物描寫）

這位叫二階堂的美少女偵探觀察力真是驚人，進入案發現場沒多久就問了不少刁鑽的問題，不過我還是有足夠的自信能隱瞞自己的罪行。

「很遺憾，太刀田老師，您已經露陷了哦！」二階堂撩了一下自己引以為傲的長髮，說道，「現場留下的九個疑點，只需要一個真相就能解開！」

☆給讀者的挑戰書☆

親愛的讀者，隨著故事的進展，又到了向大家發出挑戰書的環節了，作者拍胸脯保證，所有線索都已在前面的故事中給出，讀者只要根據這些線索解開以下疑點，就相當於找到瞭解決事件的鑰匙：

一、我是如何進入這間堅不可摧的完全密室？

二、我是如何離開這間堅不可摧的完全密室？

三、我是如何避開小島康園別墅的重重防線殺害他的？

相信有些讀者已經有所眉目了吧，在此，作者要高喊那句名言：「我要向讀者挑戰！」

2、太刀田囧

「高喊什麼啊，連我自己都不知道謎題的答案！」

陷入絕境的太刀田對著電腦螢幕吐槽道。

「如果不按時上交，不僅是名譽受損的問題，甚至連日常開銷的錢都沒有了！

可惡，我已經好多天沒吃飯了。」

原本太刀田的計畫是，將案件寫的越無解、越吸引眼球越好，然後再裝出得意洋洋的樣子向柄刀二編輯索要讀者的來信，最後的完結篇根據整合後的來自讀者的解答就能輕而易舉地搞定了！

但是，由於這一回的案件被自己寫得太過無解，太刀田堅信如果兇手沒有超能力是解不開的，令他頭疼的是，讀者們也對作者的挑戰舉手投降，大家正期待著太刀田給出解答呢！糟糕的還在後頭，柄刀二編輯火上澆油，在前一期的卷尾居然不惜用彩頁宣傳下一期的解答篇，這該如何是好啊？

「可惡！現在的讀者是變笨了嗎？這種謎題都解不開，我可是把希望寄託在你們身上呢！」太刀田一邊翻閱讀者的來信一邊抱怨。

這時，屋外的門鈴響了起來。

「太刀田老師，你好呀。」

原來是小Q編輯，他笑著問太刀田：「文章搞定了嗎？這可是萬眾期待的解決篇哦。」

太刀田老實地搖搖頭，表示毫無頭緒。

「真傷腦筋，柄刀編輯可是對這期雜誌銷量很有信心呢。」

太刀田心裡清楚，小Q編輯和柄刀編輯雖然隸屬於同一雜誌社，但兩人分別負責推理雜誌的A版和B版，在工作中算是競爭對手，據他所知，兩人也經常在背後和對方展開暗戰。

「如果寫不出來怎麼辦？老師的作家之路很有可能就此止步咯，一部正在連載的作品沒有解答，就不可能繼續寫其他作品哦。如果因為這個寫不出其他作品，老師以後的生活怎麼辦？」

可惡，被這傢伙戳到痛處了。

「既然這樣，我有一個好辦法。」

「哦？什麼辦法？」

「老師聽說過『幸運信』吧？」

怎麼會不記得呢，那可是改變我小時候人生道路的玩意兒，作品裡出現的學生時代的故事其實都是真實發生的。

「那就再用它來改變目前的狀況怎樣？」小Q編輯露出壞笑，「說到這裡你應該知道之前兩位作家消失的真相了吧？在你消失之後，依舊可以換個筆名投稿、出版小說，之前想不出結尾的故事就等於被『註銷』了一樣，不覺得這是一種解脫嗎？」

「我怎麼沒想到此等妙計！」太刀田心裡暗喜。

「還猶豫什麼？小島老師他們都這麼做了。」

太刀田想起小島在同好會上對自己說的那句話，果真是什麼事都被他搶先了。

話雖如此，他還是擺出一副左右為難的樣子，說：「可是柄刀編輯那邊如何交代呢？」

「既然開了空頭支票，那傢伙肯定會被炒魷魚咯，到時候你們投稿給我的B版就好啦，一定為你們保密。」

說罷，太刀田噗通一聲跪在小Q編輯面前，涕淚縱橫。

「嗚嗚嗚，老兄真是我的救星啊！其實我已經三天沒吃過飯了，你瞧，連白頭髮都出來啦！」

小Q編輯蹲下身來，搭著太刀田的雙肩對他進行一番安撫，這場景就像敵軍的大將歸降新君主一樣。

「小弟願效犬馬之勞！」

太刀田由於太過饑餓，竟暈倒在小Q編輯的懷中。

3、《Mystery 春秋》編輯部

關於《Mystery 春秋》A、B版合併公告

由於《Mystery 春秋》A版諸多作者遭遇意外，連載的故事被迫中止，A版的柄刀二編輯宣布離職。從本月開始，《Mystery 春秋》編輯部決定對A、B版進行合併，由原B版編輯部主任小Q擔任合併版主編。據悉，本次合併版將特別推出三位優秀新人作家的驚豔之作，敬請關注！

《Mystery 春秋》編輯部

IX推理小說家的復仇

前篇

在我看來，寫推理小說不外乎就只有兩類人，一類是不滿足於現有的推理小說格局，努力開拓屬於自己的風格、為推理小說的發展做出巨大貢獻的作者；另一類則是勤於寫作，但其作品都是絲毫不影響推理小說的發展、所謂的「中規中矩」的一類作品。而我無疑是後者，雖寫過幾本推理小說，甚至還被出版社標榜以「古典本格推理作家」的虛名，但我卻知道從處女作到現在的作品全部都是同一種風格，也就是說，從步入文壇開始，自己的作品都在原地踏步，這對妄想靠寫推理小說混口飯吃的我來說無疑是非常危險的。每次擠出一篇推理小說都比前次更耗費腦細胞，但作品中的詭計卻越來越泯然眾人，在我看來，我這種作家到最後也許只能以日漸扎實的文筆來彌補詭計上的不足了。每每想到此處，我就倍感失落，恍然覺得這不就是當今推理小說的發展趨勢嗎？機械詭計、本格詭計、密室詭計幾乎都在黃金時代成為了濫觴，現如今，單靠欺騙讀者的敘述性詭計或者多重人格詭計真的可以讓推理文學苟延殘喘嗎？

呵，如果說推理小說作家就像森林中的樹木那樣數不勝數，那麼我就只是其中最不起眼的一棵小樹罷了。我這個連在推理小說作家交流會上都不被同行瞧上一眼的無名小卒又有什麼資格想這些高深的問題呢？只要能靠這玩意賺錢不就能讓我感到滿足了嗎？我還依稀記得第一本單行本發行時，自己向同事誇耀、得意忘形的蠢相，甚至還在衝動之下辭掉當初電子產品修理工的工作。不過，現在後悔也為時已晚，年近不惑的我又能找到什麼金飯碗呢？不不，反正我只是孤身一人，索性事情幹到底，眼看著財政即將出現赤字，這次就算敲破腦袋也要擠出一篇來！

為了激發推理小說靈感，我時常在離家不遠的地方四處溜達。在看完淨琉璃劇之後，腦子還是一片空白、沒有閃過絲毫思路，加上編輯部的稿件催得急，我就更不能待在家裡了。這樣一想，既能放鬆情緒又能激發創作靈感的似乎就只有沿著一段段逐漸向上的迂迴小路便可到達頂端的阿部山了。

天色即將暗盡，還在半山腰緩緩漫步的我看到前方有張石椅，正想上前喘息片刻時，一隻粗糙的手掌突然搭在我的肩上。

「你就是太刀田大師對吧？寫推理小說的。」

在漆黑的山路上忽聞此言我又嚇了一大跳，在暗夜的籠罩下，對方似乎變成了神秘莫測的恐怖男子，就連面容也看得不甚清楚，不知道他是刻意作怪還是習慣如此，說話的聲音細小又尖銳，讓我聯想到家中那只鸚鵡的叫聲。

「呵呵，我不是故意嚇你的。」

男子見我愣在那裡，刻意從口袋裡抽出一根煙，點燃，用模糊不清的語調說道，「我是吉村啊，好久不見！」

「原來是你啊，話說你不是搬去神奈川了嗎？怎麼大老遠地跑來這裡？」

沒錯，自從那件事發生後，他就像逃離黑暗的巢穴般搬去了遙遠的神奈川。

「你知道我也是個隨性的傢伙，只要決定的事就絲毫不會有任何遲疑地去做，即使現在想去美國也照飛不誤。」濃眉大眼的他是個相當直爽的中年人，「看你愁眉不展的樣子，是不是又在想啥新點子啦？到時記得一起分享啊。對了，你那本不……不可能犯罪什麼來著的書賣得怎樣啊？」

他摩擦著粗壯的拇指和食指向我示意，我對他記不住書名感到有些不高興，略帶不滿地說道，「是《被扭曲的不可能犯罪》，只有不到五位數的銷量。幹這行根本無法養活人嘛。」

相比那些一週就加印兩、三次的作品，我的單行本也許只能擱在破舊書店的最角落吧。或許還能聽到「哇，這裡品種這麼全啊，連這本書都有」的來自讀者的由衷讚歎呢。

「喂，別氣餒啊，說不定你今後能像江戶川亂步那樣成為推理文壇舉足輕重的人物！」也許是我眼花耳鳴了，在他充滿熱情地說完前半句後，又低下頭沉著臉小聲地嘀咕了句「如果還有『今後』的話……」

如果還有……今後？

他的話頓時讓我毛骨悚然。

可隨後他又露出平常那樣開朗無比的笑容，「既然我們有緣在這碰面，不如一起走到山頂的亭子吧？你意下如何？」

應該是我聽錯了吧……我暗忖道。

「其實，我以前也跟你說過，寫我以前那種風格的小說不是很好嗎？守舊的本格太過時了點。」吉村有些得意地說道，「在這種新本格時代，寫寫變格推理不是很另類嗎？肯定大受歡迎！」

吉村這傢伙以前也是寫推理小說的，但自從那件事發生之後，他便宣布封筆。

在這之前，他是位小有名氣的作家，主打的變格推理小說征服了不少嚴苛的評論家，甚至還一度傳言他的作品入圍江戶川亂步獎，但就在這即將步入成功彼端之時，他卻突然宣布退出推理文壇，引起推理界不小的震動。

「那種變態的小說我是寫不來的。」

「別這麼說嘛，現在的讀者和以前的讀者又有什麼不同呢？他們不也充滿獵奇心理，想看充滿懸疑性、意外性最好來點血腥的故事嗎？」

「哈哈，那種用扭曲的心理寫出來的東西打死我都想不出來。」

「你謙虛啦，有什麼你想不出來的呢？」

總覺得這句話能有多種理解方式……

看著他說這句話時濃眉大眼突然眯了起來，牙齒緊緊咬住叼著的香煙，似乎有什麼東西正在爆發。

等等……

天色那麼暗，他是怎麼立刻認出我的？

不論是體型還是走路姿勢，我都沒什麼特色，屬於能夠成功隱藏在人群中的類型。

他到底是怎麼在幾乎是暗夜的情況下從背影認出我的？

不是我樂於自己嚇自己，因為這似乎只能導出一個結論——他從我上山前就在跟著我……

思及此處，我更感到無限寒意……

就這樣，疑惑和恐懼逐漸佔據我的大腦，他提出的話題我只得勉強用最短的語言敷衍過去，當我們慢慢步行至山頂，浮現出紅色的小亭子時，我的身體又感到一陣涼意。

這亭子是兩個月前新建的，而吉村早在一年前就搬去神奈川了，他怎麼知道山頂有個亭子！

「大師，別愣在那啊，快來這坐。我給你看樣東西！」吉村用一貫熱情的語調一邊對我說著一邊從上衣口袋中掏出一本如員警手冊大小的記事本。「這是我那已逝的可憐妻子的記事本，你應該知道吧？請你過目下。」

我終於知道他的目的，強忍住內心的極度緊張，努力控制手指輕微的顫抖翻開記事本的第一頁。

二〇XX年十二月八日

今天是我的生日，定當好好慶祝下。不過我現在已經是二十四歲的人了，不應再有學生時代的青澀，而且已經成為吉村君的妻子。二十三歲結婚雖然偏早，但我們當真兩情相悅，彼此欣賞對方，而且拜吉村君的天才頭腦所賜，他的推理小說相當熱賣，我們很快擁有了房子、車子，生活逐漸穩定。已經逝去的二十三歲時光，真的很值得我回味。那麼第二十四年呢？我只祈禱能夠穩定、穩定，就這樣穩定下來我就很滿足了。今天吉村君開玩笑地說我看起來還是高中生模樣，真把我氣壞了，難道我還是不夠成熟嗎？或許是吧，嗯，為了變得更加成熟，從今天開始努力承包一切家務活，再也不魯莽地說出讓吉村君難堪的話。還有……為了好好監督自己，從今天開始，每天堅持記錄當天所做的事兒，認真檢討自己，向家庭主婦生活邁出第一步吧！

二〇XX年十二月九日

早上五點三十分起床做早飯，之後買菜、準備中飯、整理環境，吃完中飯後洗碗，小睡片刻，準備晚飯，然後洗衣服。一天就這麼過去了，但感覺挺充實，連吉村君都誇我突然間變得賢慧了呢。

二〇XX年十二月十日

有些疲倦了……最近吉村君只有在晚上九點後才回來，白天就是我自己一個人在忙活，等他回來我早累得呼呼大睡了，真不知道這樣的日子還能堅持多久。

二〇XX年十二月二十日

好累啊，每天都是重複著做家務活，對吉村君的甜言蜜語也感到厭倦。果然是因為我精神衰弱的原因吧，從以前開始頭腦就特別容易疲乏，對成天做這種機械性的事早已感到煩躁。也罷，只要生活穩定就行了，必要的時候也得休息一下嘛。

二〇XX年一月一日

新的一年到了，真不知道我該算二十四歲還是二十五歲，總之日曆又得換一本了，新年一到就意味著必須走親戚串門，在我看來這只是毫無意義的機械活，這就是新年必須做的任務。每到此時我都會想起三年前早逝的母親，她就是因為精神衰弱症使得身心疲憊，常操心她不該操心的事兒，整天鬱鬱寡歡，才五十歲就滿頭白髮，額頭上布滿皺紋，活像七、八十歲的老人。當我在夢境中遇見母親時，都會不由自主嘩嘩地流下眼淚，有時啜泣聲甚至還會嚇到吉村君，他馬上跳起來問我怎麼回事。我醒來後撫撫她臨走前交給我的銀色耳墜，才知剛才一切盡是幻影。母親的精神衰弱症很不幸的傳到了我身上，在她走後，我的情緒也極不穩定，有時會無緣無故地大哭大鬧，也會因為些雞毛蒜皮的小事耿耿於懷。吉村常說我有些神經質，恐怕也是拜這個毛病所賜吧，不論是在外工作還是在家睡覺我都時刻帶著這視為珍寶的耳墜，就會覺得自己的心與母親重合了起來，感到些許踏實。

二〇XX年三月三日

今天是吉村君長篇新作的發售日，聽說這部推理小說可以入圍江戶川亂步獎，就算我對推理小說一竅不通也多少聽過這個獎項，是個非常了不起的大獎，我為吉村君的才華感到由衷驕傲。晚上，吉村君還邀請幾位同為推理小說作家的朋友來家裡討論後續出版事宜，對社交技巧生疏的我來說，只是站在一旁靜靜地聽他們討論，除了短暫的禮節性寒暄之外，他們並未和我交談。但這群人中有個四十歲左右的肥胖男子一直用不懷好意的目光盯著我看，叫我十分難受，甚至還起了雞皮疙瘩，後來才從吉村君那得知他是個專寫不可能犯罪題材的作家。

作家幾乎都帶有些微的神經質，似乎對周圍的細節都非常敏感，尤其是推理小說作家，這讓我不知該如何與他們交流，只好自己一個人靜靜地坐在沙發上看電視。在我看來，怪事好像就是從這天開始發生的。

「這是你夫人的日記？」

「嗯，她那時向我隱瞞了自己的神經衰弱症，現在看來，也許就是因為這個把她害死了。」吉村輕輕地搖了搖頭。

這、這……和我有什麼關係！為什麼要拿這個給我看！

「聽說你也得了這病？」吉村轉而又用爽朗的語氣對我說道，這傢伙的語調總是變化的很突然。

「作家難免會害上這種病吧，每次想詭計都讓我欲哭無淚。」

「哈哈，你這麼一說也沒錯，不過你的病似乎是很久以前就患上了，聽說時常在半夜裡夢遊呢！這是真的嗎？」

你到底想說什麼？我在內心裡暗暗叫道。

「喂，你這傢伙總愛這麼嘲笑我。神經衰弱症容易讓人衰老，我有時候真懷疑像你這種專寫變態內容的作家怎麼啥事都沒有啊。」

「其實我想說的是，這類疾病的病患會不會常做些讓人無法理解的事？」

「正常情況下是不會的，不過如果外界刺激產生的影響過大，就會做出較為偏激的事。例如，當你對他說出一句話時，神經衰弱症的患者容易將它往不懷好意的方向歪曲，然後形成偏激的思維，給自己造成壓抑的氣氛，這樣的情況積少成多之後可能做出常人無法理解的事情。」

「也就是常人無法想像的事吧？例如精神分裂、人格分裂沒錯吧？別看我是個專寫變格派推理小說的作家，實際上我對很多變態行為都無法理解哩。」

儘管吉村還是笑容滿面的開朗模樣，但隨著話題的嚴肅性，他的語氣也越發沉重起來，尖銳的目光就像老鷹一樣盯著我這個獵物。

「還是繼續往下看吧。」他又翻了一頁。

二〇XX年四月四日

都說今天是大凶日，所以迷信的我只好待在自己家中不敢出去。然而就在我吃過午飯後準備小睡片刻時，房間裡傳來奇怪的聲響，我確實聽到一個低沉的女音用充滿仇恨的語氣低吼道：

「多餘的人……快給我……去死吧！」

我頓時汗毛直豎，聲嘶力竭地大喊「是誰！是誰！」，可屋內只有那陣怒吼的回音，於是我立馬跑向位於二樓的三個房間仔細查看，卻未曾發現任何可疑蹤跡，故而只當我自己聽錯了，不當一回事。

但是晚上又來了！又是這種聲音，在我睡夢中又聽到這種聲音，那種用細微顫抖的語氣叫人感到毛骨悚然的聲音！我立刻從睡夢中驚醒，拉起已經進入夢鄉的丈夫，可他卻說不曾聽到任何聲響。驚魂未定的我拽著他仔細檢查了二樓的三個房間，依舊沒有任何發現。

二〇XX年五月十二日

去死吧！去死吧！那個低沉的女音帶來的困擾還未結束！真是夠了，到底什麼時候才到頭啊！每天都在睡夢中被驚醒，精神衰弱症也日趨嚴重起來，最近在用餐時也經常有嘔吐症狀，自己也感到精疲力竭，臉上常掛著黑眼圈，甚至還把丈夫驅趕到他自己的臥室，連睡覺都不和他在一起，我們的關係日漸冷落下來。

二〇XX年五月十三日

今天看了一部名叫《身歷聲音響殺人事件》的推理小說，說的是夫妻之間不信任的關係引發的殺人案件。這讓我聯想到了那低沉女聲說過的話：

多餘的人。

難道，這都是吉村君幹的好事？他趁我在即將入眠的時候裝出這種聲音來嚇我，等到我被驚醒時又佯裝早已入睡的模樣！

多餘的人？

難道就是指他在外面有了情人，為了名正言順地跟她交往甚至結婚，企圖用這種方式嚇唬在精神上患有疾病的敏感的我？這讓我聯想到他每次都是九點之後才回家，每次還都以公司有事為藉口。

說不定真是如此，他真的想害我！

現在連自己的丈夫都不敢信任了，我必須要揪出他的狐狸尾巴。

二〇XX年五月十四日

天啊，又聽到這低沉恐怖的聲音了！如果真是有人作怪就請你趕快停止吧，我真的受不了了！自從聽到這叫人毛骨悚然的叫聲後，真的沒睡過一天安穩覺，整個人已經瘦得皮包骨了！

這幾天我一直懷疑是否是吉村君搞的怪，每當想到這裡，他每天的早出晚歸就更顯可疑。今天我決定裝睡，想要模仿偵探那樣抓住他犯案的瞬間，但終究是我太天真了，已經被我趕到隔間的他連一步都沒進入我的房間，但還是發出那種聲響。聽到這聲音依舊讓我毛骨悚然，甚至還有去廁所嘔吐一番的衝動。我哭著衝進丈夫的房間，苦苦央求他別害我，但他似乎被我這番話給弄懵了，說是不理解我在說什麼，還推托明天有公事要早點上班，叫我早點去睡別來吵他。

二〇XX年五月十七日

還是聽到這種叫人害怕的聲音。但是今晚奇怪的事情發生了，就在被這聲音嚇醒之後，我立刻衝出房間，居然看到樓梯對面的那個房間門被關上了！難道是吉村正同他的情婦在裡面……

思及此處我羞憤不已，二話不說便準備當場逮住他們，沒想到門卻上了鎖。隨後我又轉而進入丈夫的房間，他正在裡面呼呼大睡……那麼，究竟是誰在丈夫隔壁的房間？

我立刻叫醒丈夫，將事實一一與他說明，他聽後大為驚訝，立刻起床，從工具箱裡拿來小斧子準備破門而入，但此時他轉了轉門把，這次門居然沒有上鎖！

我在丈夫的責備聲中回了房間！太奇怪了！實在太奇怪了！難道真如丈夫所說，是我精神衰弱症所致？不可能，門當時確實是鎖上的，絕對有人在門裡面，但此人就在我去叫醒丈夫時溜之大吉了。

等等，鎖上？只要是外人入侵，門根本就不可能從裡面鎖上！鎖門的彈簧按鈕已經壞了，從裡邊根本無法鎖上，而只能用鑰匙上鎖，但這把鑰匙卻只有丈夫那才有……

這到底是怎麼回事？

到底是怎麼回事？

肯定是鬼、肯定是鬼做的！

就在此時，耳畔又傳來了那個聲音……

「多餘的人……快給我……去死吧！」

女鬼！走開！走開！走開！

我歇斯底里地大叫著。床單、被子、枕頭被我一個個瘋狂地砸到牆上。

不行，我已經被這聲音折磨得筋疲力盡了。我氣喘吁吁地趴在床上，大腦實在沒有多餘的空間想這件怪事，甚至連我這疲憊的身軀能否撐到明天都成問題，拿起鏡子一看，呵，居然發現自己的面容就像老了二十歲一般憔悴。或許我明天就要死了吧……

吉村合上記事本，笑眯眯地問道：「太刀田大師，你有什麼看法呢？或者說……到現在你都想隱瞞殺死我妻子的罪狀？」

「你、你到底在說什麼？」

我的嘴角有些抽搐，他立刻捕捉到這個細微的動作，眼睛直勾勾地注視著我，好長時間一言不發。山頂的風吹得人涼颼颼的，掛在天上的月亮也如一把晶瑩剔透的彎刀般嵌在漆黑的夜色中。

他把煙頭掐滅，用冷漠的語氣說道：「我那可憐的妻子，在這件事發生不久後就走了……我還記得她在最後一刻都不肯原諒我，始終用憤怒的眼神瞪視著我。看過這本記事本後，我感到十分羞愧和冤枉。當時被工作折磨得不可開交的我居然沒發現妻子正面臨這種磨難，我愧疚不已。於是下定決心搬離這裡，並運用我這半調子推理小說作家的頭腦查出真相。所以就找上了你……」

「這、這和我有什麼關係？」我用扭曲到極點的怪異腔調反駁道。

「我記得你也有和明子一樣的精神衰弱症狀，恐怕是你嫉妒我和明子結婚這件事吧，畢竟據我所知你以前還是非常喜歡明子的，我說的沒錯吧？」

「呵呵，那是多早以前的事啦。」

「於是，你便利用她那和你一樣疑神疑鬼、精神衰弱的毛病把她推至地獄。」

吉村帶著仇恨的語氣繼續說道，「別跟我裝傻了，告訴我這一切都是你做的，好嗎？」

「你有什麼證據？難道你妻子聽到的鬼聲也是我做的？荒謬！」

「除了你我還真不知道誰是做這件事的最佳人選了。你利用以前做過的電子產品維修活，自己做了兩個微型播音器鑲在她的銀色耳墜裡，掐準間隔時長、控制音量即可在規定的時間讓她聽到這恐怖的聲音。」

「哎喲，這你可冤枉我了……這只能說明我做這件事最為便利，而不是我就是做這件事的人吧？」

「姑且算是如此，但五月份發生的那件事又作何解釋？」

「你是說你家裡發生的事吧？你家裡的事我怎麼可能會知道？」

「呵，你真當我忘了我曾經把那間沒有鑰匙上不了鎖的房間鑰匙給你了嗎？那天我們在車站偶遇，你問我能否騰出一個房間借你構思作品，我當時毫不猶豫地把那間房間的鑰匙拿給你，可之後你就再也沒有還給我了哦。而三月三日——怪事開始在我妻子身上發生的時間卻和我借鑰匙給你的時間完全吻合，一定就是從那時候開始，實行你惡魔般的計畫。」

「所以說門必然是我鎖上的？」

「除此之外還有其他可能？」

吉村斬釘截鐵地說道。然而，我聽聞此言卻捧腹大笑起來，著實出乎他的意料，我一個勁的「哈哈」大笑，似乎讓他有些摸不著頭腦。

「這就是你引以為豪的推理？還為了這個特地跟蹤我，甚至帶我到這裡來？哈？」我想我此時的面容一定非常難堪。

「要不，你還有更高明的解釋？」

「哈哈哈，這難道不是你做的嗎？」

「你說什麼？你什麼意思？」

「字面上的意思啊，那件事從頭到尾都是**你做的**。吉村，你，才是直接逼死妻子的犯人！」

「你、你到底在胡說什麼？」

「瞧，你這裝傻的樣子！哈哈，你這傢伙真夠歹毒的，在聽你妻子向你說時常聽到低沉的恐怖女聲、已經被攪得坐臥不安時，你突發奇想，企圖利用上鎖的房間這件事再度折磨你那神經受挫的妻子，用這種方法讓她崩潰。你本想利用一連串的讓她覺得是鬼在作怪的恐怖事件一步步折磨她，但沒想到第一次作怪，就讓她徹底崩潰了。你一定很有成就感吧？哈哈。」

「你在這麼沒頭沒腦地說下去我真無法接受了。那間房間的門利用彈簧按鈕根本上不了鎖，唯一能上鎖的鑰匙又在你那，除了你根本沒人能上鎖啊。」

「沒想到你還想把罪責全部加到我身上，真有一套呀。」

「哦？那就麻煩你解釋一下我到底是如何上鎖的？」

「簡單，你找準時機利用那個嵌在耳墜裡的微型播音器將她嚇醒，她醒來後肯定又會和以往一樣將房間搜個遍。此時，她會注意的肯定是平常一直都開著、而現在卻被關上的那扇門，而你，卻躲在那扇門裡面，手緊緊握住門把。當她轉動門把時，你用男人的蠻力死死朝著反方向發力，任憑她怎麼轉都轉不動，只是製造出房間被上鎖的假像罷了。在她停止轉動時，你從窗臺那跳到位於隔壁的自己房間內，準備讓你妻子開門叫醒你。之後的事只要裝傻就行了。我說的沒錯吧？」

「真不愧是太刀田大師。」吉村也轉而開朗地哈哈大笑，「我還天真地以為你的神經衰弱症尚未痊癒，幻想著自己是在不知不覺中做出這件事的呢。」

「你這傢伙心眼真壞，我在信中不是寫明了我精神方面的疾病已經在國外的心理醫生調理下基本治癒了嗎？」

「嘿嘿，只是稍微試探一下，不過分吧？」

「過分的是你居然還敢修改自己妻子的記事本啊？哪有人會在自己當天的日記

上寫『在我看來，怪事就是從那天起開始發生的』這種話？這句分明就是你為了強調三月三日這個我向你借鑰匙的日期而補進去的嘛。」

「真厲害，這都被你識破了。」吉村頷首道，「真不愧是我的妻子。」

「我得感謝你才是，這傢伙精神上的衰弱症害得我和她在人格上完全分裂，她那孤僻、多疑的性格不知殺死了我多少腦細胞，每天都把精力耗在那種瑣碎的事上，完全把人格中我的那部分全都佔據了。我不得不把她推入絕境，先用那微型播音器整整她，沒想到光是這樣她就已經快到崩潰的邊緣，哈哈，她果真是個多餘的人啊。」那女人還活著的時候，我只是她的第二人格，但因為她過度糾纏於瑣碎小事的多疑性格使得大腦在90％的時間全部照她的意思運作，我始終無法掌握這個軀體的主控權。

「不過，你也真厲害，看了她的記事本之後便想辦法開始讓她相信自己的確是遇到夢魘一般的事實，沒想到事情進展如此順利。她很快就從我的人格中消失了，徹底消失了！我再也不是配角了，哈哈。」

「是啊，從某種程度上說她這是咎由自取。畢竟我愛的人始終就只有你而已。」

「別說那麼肉麻兮兮的話了，我的新作到底什麼時候才能搞定？」我推開他試圖做出擁抱動作的手，換成強硬的語氣對他說道。

風越來越大，周圍的空氣彷彿凝結住了一樣，讓人感到些許窒息般的氣氛。

「別急嘛，我畢竟都是為了你呀，為了消滅那討人厭的傢伙，我可是費盡了心思啊，現在終於得到你了，為你做牛做馬我都甘心呀。」

「你淨會說些奉承的話，你告訴我說要在神奈川待上一年，創作出一部長篇的推理小說，到現在呢？完成多少啦？」

「哈哈，就快好了，就快好了。題目就叫《推理小說家的復仇》，你看如何？」

「管題目叫什麼呢，能獲獎就行。我要像你一樣，一夜成名，如果你辦不到的話……呵呵，到時別後悔我移情別戀哦。」

「啊？不是吧？拜託別耍我了好嗎？我都為你付出這麼多了，在我們正要享受成功的關頭，你卻……」

他那認真的表情著實把我逗樂了，我噗地一聲笑道：「騙你的啦，讓那討人厭的傢伙徹底從我身體中消失是多麼值得高興的事啊，感謝你我都還來不及呢。」

說罷，我緊緊地撲到他的懷中，享受著他身體的溫度。

但是……

他沒有擁抱我……

連雙手都沒有張開……

這還是吉村嗎？

吉村……

話說，我只是在他點煙的時候才看到他的面容，加上他自報家門我才對他深信不疑。然而，在推理小說裡不是經常上演化妝易容的橋段嗎？按理說，在現實生活中發生這種事情的可能性極低。但是，我已經一年沒見到吉村了，平常也只是通過短信進行交流，他甚至還聲明想靜下心來創作，叫我別打電話給他……

一年沒見到他……自然對他原本就特殊的嗓音感到不習慣。他的體型雖胖，但長相卻是大眾臉。難道剛開始他提到的「如果還有今後的話……」是……

這傢伙……究竟是何方神聖？

記得我身體中那個討人厭的傢伙曾經對吉村說道，他的推理小說作家朋友裡有個經常用心懷不軌的眼神盯著她的傢伙，甚至還提出要與她交往……莫非……

不知為何，山頂上的氣壓叫我有些呼吸困難……

山頂……

報仇……

被我摟住的男人……究竟是何方神聖……

阿部山　兩名推理作家自殺

昨日二十一時許，警方人員接到在A市區阿部山上散步的老人的報警電話，稱發現了一男一女的屍體。根據警方人員查證，兩位死者頭部有明顯的高墜傷，係從山頂處墜落至死，死者身分是兩位本格派推理作家，其中一位是前推理小說作家吉村和的妻子吉村明子（筆名太刀田明子，二十六歲）和推理小說家島田瑞佑（筆名山本武丸，三十三歲）。就警方目前的調查結果分析，二人極有可能是同時自殺身亡，詳細進展情況請鎖定本報。

神奈川

驚現無頭男屍

昨日，在神奈川送信的郵遞員在派件途中發現民居中的一具無頭男屍，經指紋比對及搜查訪問，死者係前推理小說作家吉村和，死者的頭顱被放置於自家的盆栽中，警方正從仇殺案方向著手深入調查。

要推理109　PG2886

要有光
FIAT LUX

推理小說家的末日

作　　者	燕　返
責任編輯	紀冠宇、陳彥儒
圖文排版	陳彥妏
封面設計	王嵩賀

出版策劃	要有光
發 行 人	宋政坤
法律顧問	毛國樑　律師
印製發行	秀威資訊科技股份有限公司 114台北市內湖區瑞光路76巷65號1樓 電話：+886-2-2796-3638　傳真：+886-2-2796-1377 http://www.showwe.com.tw
劃撥帳號	19563868　戶名：秀威資訊科技股份有限公司 讀者服務信箱：service@showwe.com.tw
展售門市	國家書店（松江門市） 104台北市中山區松江路209號1樓 電話：+886-2-2518-0207　傳真：+886-2-2518-0778
網路訂購	秀威網路書店：https://store.showwe.tw 國家網路書店：https://www.govbooks.com.tw
總 經 銷	聯合發行股份有限公司 231新北市新店區寶橋路235巷6弄6號4F 電話：+886-2-2917-8022　傳真：+886-2-2915-6275

出版日期	2023年6月　BOD一版
定　　價	320元

國家圖書館出版品預行編目

推理小說家的末日/燕返著. -- 一版. -- 臺北市：
要有光, 2023.06
面； 公分. -- (要推理；109)
BOD版
ISBN 978-626-7058-92-3(平裝)

857.6 112008288